集英社オレンジ文庫

実写映画ノベライズ

思い、思われ、ふり、ふられ

阿部暁子
原作／咲坂伊緒

本書は書き下ろしです。

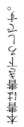

実写映画ノベライズ

思い、思われ、ふり、ふられ

OMOI
OMOWARE
FURI
FURARE

Contents

実写映画ノベライズ

思い、思われ、ふり、ふられ

OMOI
OMOWARE
FURI
FURARE

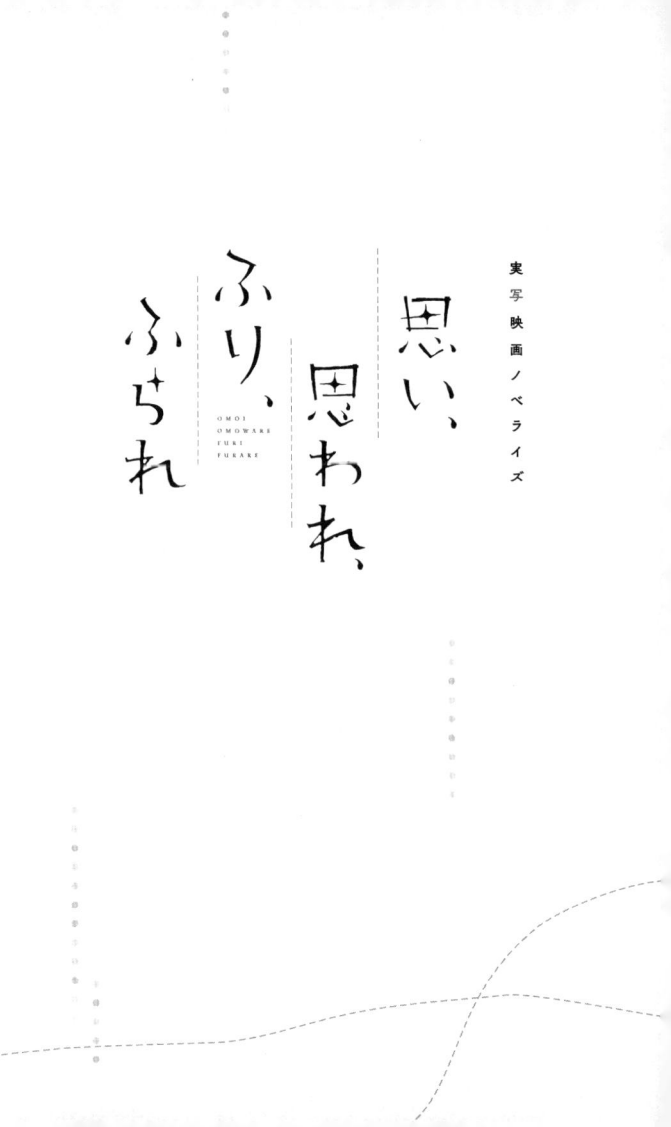

第一章

1

桜の花が咲く季節は、いつも少し憂鬱《ゆううつ》だ。

新学期、新しいクラス、新しい担任、新しいクラスメイトたち。そんな変化にほかの人たちは何の苦もなく適応しているように見えるけど、自分はそれがうまくできない。人と話すのは苦手だし、相手が男子だったりしたら目を合わせるのも無理。緊張しやすくて、すぐに顔が赤くなるから基本いつもうつむいている。「印象のうすい子ねー」というのは、小さな頃から親戚《しんせき》のおばさんによく言われてきた。

ため息をつきながら通学バッグの紐《ひも》を肩にかけ直していると、

「由奈《ゆな》」

突然トンと背中を叩かれて、由奈は反射的に背すじを伸ばした。イタズラが成功したみたいな笑顔でとなりに並んだ朱里《あかり》が、空に人さし指を向けた。

「下ばっか見てないで。桜、きれいだよ」

「あ……」

まだ数えるほどしか通っていない高校の通学路は、五十本を超える桜並木に囲まれている。学校の創立時から毎年卒業生が一本ずつ苗木を寄贈してきた、と確か先週の入学式で校長先生が話していた。その時にはまだ五分咲きだった通学路の桜は、暖かい晴れの日が続いた土日でいっきに開花して、今は満開の薄紅《うすべに》色の花が景色を染めている。みとれて足を止めてしまった由奈は「おーい」と朱里に呼ばれてあわててまた歩き出した。桜なんて毎年見ているはずなのに、毎年あきずに感動するのがふしぎだ。

「きれい……」

「ねー。お花見したいよ。そうだ、この街ってお花見の名所とかある？」

「えっとね、うちはいつも高台の向こうの……」

「山本《やまもと》さーん、おはよ」

毎年父と母と一緒に花見に行く大きな公園の名前を思い出そうとしていると、同じセーラー服を着た女子生徒が、朱里を追い抜きながら手を振った。あれは同じクラスの——名前はまだ覚えてないけど、廊下《ろうか》側の席のけっこう目立つグループの子。朱里は彼女と同じくらいの気さくさで「おはよー」と手をふり返す。ショックだった。わりと。

「……朱里ちゃん、もう友達できたんだね」

「え？　友達っていうか、まあ同じクラスだもん、挨拶《あいさつ》くらいするよ。普通に」

その『普通』がものすごく難しいのに……。いまだに朱里以外のクラスの人と口をきけない由奈は、落ち込んでうつむいた。「それにさ」と朱里がセーラー服の襟《えり》にくっついた桜の花びらをつまみながら続けた。

「私、今まで転校多かったから、仲良くなれそうな人見つけんのは得意なんだよね」

同じマンションに引っ越してきた朱里と知り合ったのは、ほんの二週間くらい前のことだ。出会い方がものすごく強烈だった反動で、朱里とはすぐに打ち解けた。

それでも、お互い知らないことはまだまだある。この街にやって来る前にも朱里は転校を伴《ともな》うような引っ越しの経験があったということ、それもどうやら一回だけではないらしいことを、今初めて知った。

「……そっか」

大変だっただろうなとか、友達と別れるのはさびしかったんじゃないかなとか、思っていることはいろいろあるのに、そんなつまらない言葉しか呟《つぶや》けない。それでも朱里は転校とか友達作りなんてどうってこともないというように、満開の桜を見上げて気持ちよさそうに笑っている。朱里は、きれいだ。由奈が知っている誰よりもきれいで、いつも堂々と顔を上げていて、透きとおった声ではっきりと自分の考えを言い、すごくかっこいい。

それに引き換え――となりを歩く自分の冴えなさをしみじみと確かめて、由奈は何度目かわからないため息をこぼした。

市原《いちはら》由奈、十五歳。A型、やぎ座。所属クラスは一年四組。可も不可もない中央の席。特技と取り柄はとくになし。数学と化学と英語が苦手で、体育は前の日の夜から憂鬱になるくらい嫌い。でも美術は、けっこう好き。

好きなものは少女漫画。初恋の人は、小さい頃に読んだ絵本の王子様。

地味で人見知りで印象がうすいことは小さい頃から自覚していて、だからこれまでも目立たずにひっそりと生きてきたし、たぶんこれからもそうなんだとわかってる。

でも、誰にも話したことはないけど、本当はひそかに待ってもいる。

こんな自分を見つけて、好きになってくれる人が、あらわれる日を。

＊

高校は中学校とは何もかもが違って、今までは国語や社会や理科だった授業が古文とか世界史とか化学みたいに細かく分かれていることにも驚いたし、校内に初めて聞くような名前の特別教室がたくさんあったり購買があることにも驚いた。でも何よりも大きな変化はお弁当だ。中学までは給食があって、それも班ごとに分かれて食べていたけど、高校は生徒が各自昼食を用意して食べる場所も一緒に食べる人も自由に選ぶことができる。これは、よく考えるとけっこう恐ろしいことだ。

「由奈、お弁当食べよ。お腹すいたー」

いつものように午前の授業が終わると朱里がお弁当を持ってやって来て、由奈は朱里と机をくっつけ合いながらしみじみと思った。朱里が同じクラスにいてくれて本当によかった。もし朱里がいなかったら、自分はひとりぼっちでお弁当を食べていたと思う。それは控えめに表現して拷問《ごうもん》だ。

「あ、由奈の唐揚《からあ》げおいしそう。シュウマイと交換しない？」

「うん、いいよ」

「やった！　由奈のお母さん、料理上手だよね」

喜ぶ朱里の笑顔につられて、由奈も唐揚げを弁当箱に入れてあげながら笑った。

朱里は、もしあんな出会い方をしなかったら、たぶんこうして親しくなることはなかったタイプの子だ。「きれい」と「かわいい」がバランスよく溶けあった容姿と、物怖《ものお》じしなくて誰とでも打ち解ける性格。本当だったら自分みたいな人見知りの地味女子といるよりクラスでも地位の高い華やかな子たちのグループにいるのが確実に似合う人だから、今でも時々こんなふうに一緒にお弁当を食べているとふしぎな気持ちになることがある。

「あ、そういえばさ」

爪の形がきれいな指でミニトマトのヘタをとっていた朱里が、思い出したようにスマホの画面を向けてきた。

「昨日のこれ、王子様って何？」

液晶画面にはＬＩＮＥのやり取りが表示されている。由奈は、昨日自分が朱里に送った『王子様に会った！』というメッセージを見て、じわっと頬《ほお》が熱くなった。

「ごめん、昨日はちょっと、びっくりしたっていうか興奮してて……あの、前に話した、王子様が出てくる絵本の話って覚えてる？」

「ああ、由奈の初恋の王子様？」

朱里が初めて家に遊びに来たのは三月の終わりのことだった。お気に入りの少女漫画を勧めたりしているうちにだんだん恋バナが盛り上がって、その時につい話してしまったのだ。初恋の相手は、小さな頃大好きだった絵本に出てくる王子様だ、と。

『へー。その絵本って今もあるの？　見たいな、その王子様』

声をはずませる朱里におずおずと絵本をさし出しながら、由奈は正直「やっちゃった」と後悔《こうかい》していた。なぜって今までこの話を聞かせた母親や友達は例外なく「ほんと由奈は夢見がちだよね」とか「由奈っておこちゃまー」と笑ったからだ。

だから朱里にも笑われてしまうんじゃないかと身構えていたのだが、由奈が一番好きなページ、悪いドラゴンとの戦いにおもむくために愛する人たちに別れを告げる王子の横顔の挿絵を見せると、朱里は『うん、確かにかっこいい』とまじめな顔で呟いたのだ。わかるわかる、というように頷《うなず》きながら。

『バ……バカにしないの？』

『え？　何を？』

『初恋の人が、絵本の中の王子様ってこと――』

朱里はきょとんと目をまるくした。

『なんで？　それは別にいいじゃん』

あの瞬間、胸の中に小さな花が咲いたみたいにうれしかった。

性格も好きなものも考え方も何もかも違うけど、朱里は大切な友達だ。


「で、その王子様が？」

朱里にもどかしそうに促されて、由奈は卵焼きを箸《はし》でつつきながら顔を伏せた。ひと晩経ってみると、勢いであんなメッセージを送ってしまったのが恥ずかしい。

「昨日、お母さんに頼まれておつかいに行ったんだけど……マンションに帰ってきてエレベーター待ってたらね――乗ってたの。その王子に似てる人が」

今でもはっきりと思い出せる。

牛乳パックが入っているせいで少し重いスーパーの袋を持ち直しながら、上の階からエレベーターが降りてくるのを待っていた。そしてエレベーターがエントランスに到着し、ゆっくりと扉が開くと、彼がスマホをながめながら降りてきた。

歳《とし》は由奈や朱里とそんなに変わらないと思う。ワックスでかるくセットした髪。彫刻刀で彫ったみたいにきれいな鼻すじ、うすい頬、形の整った唇。睫毛《まつげ》がとても長くて、その下に隠れた瞳はどこかさびしそうだった。

目も合わなかったし、スマホを見ていた相手はこっちの存在に気づいてすらいなかったと思う。でも、すれ違うまでの一秒間は、くっきりと心に焼きついた。

「えっ、つまり同じマンションの人ってこと？」

「わかんない……外から友達のとこに遊びに来た人かもしれないし……」

「もー、声かければよかったのに。連絡先まで交換すれば完璧《かんぺき》だけど、最低限どこの誰なのかくらいは知っとかないと次に会えないかもしれないいじゃん」

じれったそうに机の下で足踏みする朱里の発言にぎょっとした。あの人に声をかけて？　名前とか住んでるところを訊いて？　さらに連絡先を交換？　……いやいやいやいやいや！

「無理！　無理！　知らない男子に声かけるとか絶対できないし、私は遠くから見てるだけで十分っていうか……！」

「何言ってんの、見てるだけじゃ始まんないよ？」

あきれた顔の朱里を、由奈はきょとんと見返した。

「何が？」

「恋！」

それ以外に何があると言わんばかりに朱里が身を乗り出したので、由奈は背もたれにくっついた。

「この人いいなって思ったら、落ちにいく準備しないと」

「えっ……落ちにいく？　恋って、気づいたら落ちてるものなんじゃないの？」

だって今まで読んできた少女漫画のヒロインはみんなそうだ。運命の相手が突然やって来た転校生だったり、学年のアイドルみたいな人気者だったり、パターンはいろいろでも、反発したりすれ違ったりしながらある時、彼女たちはみんな自分が恋をしていることに気づく。恋はそういう、どうしようもなく落ちてしまうものであるはずだ。「落ちにいく」なんてものじゃなくて。

朱里は由奈の母お手製の唐揚《からあ》げを箸でつまんだ。

「まあそういう場合もあるけど、お互いに合図出し合ったり、仕掛けたり、そうやってるうちに好きになったりするもんだよ」

合図、とか。仕掛け、とか。

「そういうの、なんか人工的で、やだな……」

なんだか乾いて世知辛《せちがら》い感じがするし、相手を試すような感じもちょっといやらしい。そしてここが一番重要だけど、そんなの全然ロマンチックじゃない。

朱里が眉《まゆ》をよせながら何か言おうとしたが、結局何も言わないまま小さく嘆息《たんそく》した。

「うん、まあ、私はそうってだけで、由奈は違うのかも。人それぞれだしね」

「うん……そうだね」

と頷きつつ、きっと、と朱里をうかがいながら由奈は思った。

朱里ちゃんは、きっとまだ、本当の恋をしたことないんだ。

合図を出すとか、仕掛け合うとか、そんなものじゃない。激流に押し流されるみたいにどうしようもなく惹《ひ》かれて、どうしようもなく落ちてしまう。それが本当の恋だし、そうやって好きになった人が運命の相手だ。……実体験はまだないけど。でも絶対そう。

「由奈、ちょっといい？」

聞き慣れた声が聞こえて、赤いタコさんウインナーを食べようとしていた由奈は箸を止めた。学ランの男子が小さく手を上げながら近づいてきた。

「カズくん」

「これ、観たいって言ってたやつ」

そう言って和臣《かずおみ》がさし出したのはＤＶＤのプラスチックケースだ。ケースに印刷された映画のタイトルは『カンフー・パンダ』。昨日たまたまこの映画をとり上げた面白いネット記事を読んで、映画に詳しい和臣に訊いてみたら「それならＤＶＤ持ってる」という返事だったので、貸してほしいと頼んでいたのだ。

「家に帰ってからでもよかったのに」

「忘れないうちにって思って」

お互いによちよち歩きの頃から知っている和臣は、まじめというわけではないけれど、人に頼まれたことや約束は絶対に守る義理堅いところがある。「ありがと」とお礼を言って由奈はDVDを受けとった。

そこで朱里が和臣をまじまじと見ていることに気がついた。視線に気づいた和臣も、ふしぎそうに朱里を見つめ返す。そうだ、二人とも紹介がまだだった。

「朱里ちゃん、この人は乾《いぬい》和臣くん。カズくんも、朱里ちゃんのこと話したでしょ？　春休みに引っ越してきた……」

「ああ、由奈がお金貸した子！」

屈託なく笑った和臣の、オブフートにつつむことを知らない物言いに由奈はあわてた。和臣は昔から思ったことをそのまま口に出してしまうのだ。身体《からだ》は大きくなっても中身は小学生男子のままなのだ。朱里も苦笑している。

「山本です、よろしく」

「乾です、よろしく。じゃ、またね山本さん」

ひらひら手を振りながらきびすを返した和臣に、朱里も手を振り返していたが、和臣が三メートルくらい離れたとたんに勢いよく顔をよせてきた。

「由奈、男子としゃべれてんじゃん！」

「え……だってカズくんは幼なじみだもん。部屋も近いし、幼稚園の時から知ってるし」

「幼なじみって、それこそ漫画でよくあるやつじゃん」

　確かにヒロインと幼なじみの恋愛は少女漫画でも王道のパターンだ。ヒロインは男の子を異性としては意識してないけど、男の子のほうは昔からずっと一途《いちず》にヒロインを想ってる、という設定だとなおいい。でも、その相手がカズくん？　――うん、百パーセントない。

「カズくんのことそういうふうに思ったことないし、これからもないと思う」

「そんな断言しなくても」

「カズくんは男の人じゃないっていうか、性別は男なんだけどもうそのへん関係なくなってるっていうか……カズくんも確実に私のことそういうふうに思ってないし」

「わかった、もういいよ」

　盛り上がんないなあという感じでため息をついた朱里は、切り替えるように笑った。

「あ、そうだ。やっと部屋片付いたからさ、うち遊びに来てよ」

「うん、行きたい！　今日行っていいの？」

「いいよー。あ、じゃあさっき出た数学の課題一緒にやろうよ」

　小さな頃から人見知りで、印象がうすくて、そんな自分に自信なんてこれっぽっちも持てなかったから、本当のことを言うと高校生活は不安でいっぱいだった。

でもひょんなことから朱里と知り合って、同じクラスにもなれて、なんだかんだで毎日は楽しい。由奈は朱里の笑顔を見つめながらそっと笑みをこぼした。

朱里ちゃんが引っ越してきてくれて、ほんとによかった。


眠たい午後の授業をなんとか乗り切り、掃除《そうじ》当番とホームルームも終わると、放課後の校舎はにぎやかになる。駆け足で部活に向かう生徒、友達とつれ立って遊びにいく生徒、図書室や自習室で勉強をする生徒。放課後の過ごし方はみんな様々だ。明るいざわめきに満ちている放課後の廊下《ろうか》を、由奈も朱里と一緒に昇降口に向かって歩いた。窓の外に見えるグラウンドでは、早くも野球部員が列になって走りこみをしていた。

「由奈、部活どうするか決めた？」

「高校はいいかなって思ってる。けっこう勉強大変だし、課題多いし……」

「だよねー。私もいいかな。バイトしたいし」

そんなことを話しながら上履《うわば》きを脱ごうとしていた由奈は、小さく息をつめた。

昇降口は下校する生徒や部活に向かう生徒でごった返している。でも、ほんの一瞬、その人ごみの中に姿が見えたのだ。

制服の白シャツにアイボリーのカーディガンを重ねた細身の男子生徒。通学バッグを肩にかけ、気だるげに片手をズボンのポケットに入れている。やわらかそうな髪が目もとにかかり、彫刻刀で彫ったように鼻すじが通った、あのきれいな横顔。

「由奈？　どうしたの？」

朱里に顔をのぞきこまれ、はっと由奈はわれに返った。

「あ……ううん、なんでもない」

靴箱《くつばこ》の上段に入れた上履きと入れ違いに、まだ買って間もないローファーをとり出す。

一瞬で速度が跳ね上がった鼓動は、まだ速いままだ。――今の、見間違い？　気のせい？

それとも本当に、あの人はこの学校にいるの？

桜の花びらがひらひらと降ってくる通学路を朱里と歩いている間も、ふとした瞬間にさっき見かけた人のことを考えてしまった。見間違いや気のせいじゃないとしたら、彼も同じ高校の生徒なんだろうか。だったら何年生？　何組の人？　名前は？

「じゃ、準備できたら来てね」

「うん」

十階建てのマンションに到着して、朱里とはエレベーターの中で別れた。由奈の自宅は三階で、朱里の自宅は五階だ。ちなみに幼なじみの和臣は四階に住んでいる。

自分の部屋でセーラー服のスカーフをほどきながら、そうだ、と由奈は思いついた。和臣なら、彼のことを知っているかもしれない。同じ男子だし、だったらこんな人なんだけど、と話したらピンときたりするかもしれない。ちょっとあとで聞いてみよう。そうしよう。

　はずむような気分でワンピースに着がえて、クローゼットのとなりに置いたスタンドミラーに向き合ったとたん、ふっと気持ちが沈んだ。鏡には見慣れた自分が映ってる。とくにきれいでもかわいくもない、いまだに朱里以外の友達を作れない、うまく話もできない、いつも何かにおびえたような顔をしている自分。

　もしあの人が本当に同じ学校の生徒で、もしどこの誰なのかがわかったとしても、そこからどうするの？

　声をかけるなんてできない。

　昨日、エレベーターの前で身動きもできずあの人が行ってしまうのを見送ったように、見ていることしかできない。だってこんな何のとりえも持っていない自分が、あんな素敵な人に近づけるわけがない。

　由奈はため息をつき、鏡の中の自分と見つめ合いながら、手ぐしで髪を梳《す》いた。

　見ているだけ、それでいい。別に好きとかそういうことじゃなく、小さな頃からずっと胸の奥で大切にしてきた人とよく似た人がこの世界にいる。それも、もしかしたらすごく近くに。それがうれしかっただけで、そう、自分にはそれで十分だ。

　考え事をしていたせいで、時計を見ると思ったより時間が経ってしまっていた。由奈はあわてて部屋を出て、キッチンで夕食の支度《したく》を始めていた母親に朱里の家に遊びにいくことを伝え、玄関を出た。

エレベーターで五階に上がり、自動で開いたドアから廊下に出たら、すぐ手前の部屋が朱里の自宅だ。インターホンの呼び出しボタンの上には『501　山本』とステンレス製のプレートが掛けてある。由奈は深呼吸をしてから、呼び出しボタンを押した。誰かを訪ねてこうして呼《よ》び鈴《りん》を押す時、相手が知ってる人でも、ちょっと緊張してしまう。

自分の家でも来客があった時に流れるのと同じ電子音のメロディが、ドアの向こう側から聞こえた。数秒後、足音が近づいてきた。出迎えてくれるのが朱里ではない可能性なんて考えもしなかったから、完全に不意打ちだった。

「――はい」

開いたドアから顔をのぞかせたのは、制服姿の男子だった。

さっき高校の昇降口で見かけたのと同じ、制服の白シャツにカーディガンを重ねた服装。やわらかく前髪がかかった目は、間近で見ると吸いこまれそうな深い色をしていて、きれいだった。そして、どうしてなのか、さびしそうだと思った。

「朱里の友達？」

固まって身動きできない女子をながめて、王子様はなめらかな声で言った。

2

何が起きたのかまったくわからなくて、由奈は棒立ちになってしまった。何か訊かれたような気がするけど、何を言われたのかわからないし、声が出ないから返事もできない。そんな由奈をよそに彼は首をねじって廊下の奥に声を張った。

「朱里ー、来たー」

「……はーい！」

私服に着がえた朱里が小走りで廊下に出てきて、由奈に笑いかけた。

「いらっしゃーい。上がって上がって」

朱里に腕を引かれるけれど、身動きができない。あまりにも驚きすぎて声も出てこない。まごつく由奈をふしぎそうに見た朱里が「あ、これ？」と彼に人さし指を向けた。

「理央《りお》。弟なんだ」

「どうも」

小さく顎《あご》を引いて、彼も会釈《えしやく》する。由奈もあわてておじぎしたが、まだ頭が追いつかない。弟？　弟って――

「で、でも、制服……？」

「そうそう、同じ学校の一年なの。うちらと同級生。理央は一組だけど」

——双子《ふたご》。

急に視界が開けたみたいに理解して、由奈は玄関に並ぶ朱里と理央を凝視した。朱里は透明感のある美しさが印象的で、一方の理央は人を惹きつける甘めの顔立ちなのだけれど、二卵性双生児《にらんせいそうせいじ》ならあまり似ていなくてもふしぎじゃない。むしろ姉弟とも美少女、美少年なところにDNAの奇跡を感じる。きっとお父さんとお母さんも美男美女なんだ。

「じゃあ行こ。私の部屋あっち」

朱里が手招きするが、どうしても目が理央に吸いよせられて、由奈は靴を脱ごうとしてバランスを崩してしまった。「え、大丈夫？　どした？」と朱里がとっさに手を貸してくれたが、女子ってふしぎな生きものだ。

とにかく動揺《どうよう》して浮足立って、どうしたらいいのかわからない気持ちを由奈が必死に視線で訴えると、朱里は怪訝《けげん》そうに眉《まゆ》をよせ、それから「え？」という表情になり、確認するように横目で理央を指してみせて、それに由奈がまた必死な視線を返すと「マジか！」という驚愕《きょうがく》を見せたあと、みるみる瞳をかがやかせてなんだか不敵な含み笑いを浮かべた。ここまでに一秒足らず。女子のテレパシーは音速を超える。

「ねえ、理央ー」

ちょっと甘えた調子で呼びながら、朱里がすばらしい笑顔になった。

「うちらこれから一緒に数学の課題やるんだけど、わかんないとこ教えてよ」

「は？」

廊下の奥に戻ろうとしていた理央は、いかにも面倒くさそうな顔をした。しかし朱里はかまわず弟の腕をつかむと「はい行くよー！」と有無を言わさずグイグイと引っぱっていく。由奈もあわててあとに続いた。

廊下の奥にはドアが三つあって、朱里と理央は斜向かいの部屋をそれぞれ自室として使っているらしい。案内されたのは理央の部屋で、どぎまぎしつつ由奈は中に入った。

すっきりと整頓《せいとん》された部屋だった。窓際に勉強机があって、パソコンのモニターが置かれている。壁にそって置かれた本棚《ほんだな》にはテキストと漫画が段で区切って整理されていて、奥にベッドが置いてあった。部屋の中心の空きスペースには小さな座卓があって、三人はそれを囲んで腰を下ろした。

「で、何教えればいいの？」

「おのおのやって、わかんないとこを理央に訊くって感じ？」

「適当だなー」

「いいじゃん、私、英語以外は全然だし。理央、頭いいし」

頭いいんだ。すごい。座卓の前に正座しながら、由奈はそろっと向かいをうかがった。理央と視線がかち合ってしまい、心臓がとびはねたような心地でうつむいた。

「と、突然すみません……よ、よろしくお願いします……」

「……まあいいや。始める前にトイレ行ってくる」

引き受けてくれるみたいだ。――きれいで、頭がよくて、そしていい人だ。

理央が出ていってドアが閉まったとたん、たまらず由奈は朱里に向き直った。

「朱里ちゃん！」

「余計なお世話だった？」

そんなわけがないから首をぶんぶん横に振ると、朱里もわかっていたように笑った。

「まさか、理央が王子だったとはねー。でも言っとくけど、中身は全っ然王子様じゃないからね」

「あの、別に好きとかじゃなくて、似てる気がしてびっくりしただけだから……」

でも、やっぱり、本当は、ものすごくうれしかった。

彼がそこにいるだけで、そばにいるだけで、あたたかくて幸福な気持ちになる。くすぐったくて、落ち着かなくて、でもそれが少しも嫌じゃない。こんな気持ちは初めてだ。

「とりあえず、理央のベッドにダイブしとく？」

「ええ!?　そんなことしないよー！」

まっ赤になって両手を振ると、朱里がおかしくてたまらないというように大笑いする。

からかわれたのが恥ずかしくて「もー！」と怒るけど、それすらも楽しい。朱里と二人でじゃれ合いながら、なんだかずっと笑いが止まらない。

そのうちドアが開いて、理央が怪訝そうな顔をのぞかせた。

「なに騒いでんの？　トイレまで声聞こえてんだけど」

「あ、そうだ！」

朱里がすばやく立ち上がって、パンと手を打った。

「ちょっとコンビニ行っていい？　買い出ししてくる」

女子のテレパシーで朱里の思惑を悟った由奈は、大あわてで立ち上がった。

「じゃ、私も一緒に……！」

「由奈はいいから！　理央と先に始めてて。じゃ、行ってきまーす」

ぐいっと肩を押して座らされ、待ってと言うひまもない俊敏さで朱里は廊下に出ると、笑顔で手を振ってドアを閉めた。「なんだあいつ……」と理央が呟《つぶや》くのが聞こえたものの、由奈は固まったままそちらに顔を向けることができなかった。

朱里ちゃん。気を利《き》かせてくれたんだよね。気持ちはうれしい、ありがとう。でもね。

いきなり二人きりとか、私、死んじゃうよ……!?

＊

われながら、いい仕事をしたと思う。

いい気分で朱里はマンションから五分ほど歩いたところにあるコンビニに入った。ポテトチップスとビスケット、ひと口チョコをかごに入れ、ついでに気になったチョコパイの箱も手に取りかけたが、いや、と考えなおして棚に戻した。これは今日はやめておこう。なぜかと言えば、チョコパイを食べる時はけっこう大きく口を開けることになるからだ。内気で慎《つつ》ましい由奈は、理央の前でそんなことをするのはハードルが高いだろう。

会計を済ませ、ビニール袋を指先に引っかけてコンビニを出た朱里は、当然マンションとは逆方向に歩き出した。一時間……だと「どこのコンビニまで行ってきたんだ？」って怪しまれそうだから、まあ三十分。そのくらいは時間をつぶして帰ろう。

この街に越してきて約半月。学校周辺と自宅マンション近くの地理はだいぶ覚えたが、それ以外はまだまだ探索中だ。どこで時間をつぶそうかな、とぶらぶら歩きながら考えていると、あたたかい春の風がいたずらするように髪をゆらした。

風にまじる甘い花の香りに誘われて、朱里は首をめぐらせた。コンビニの斜向かいにはわりと大きな公園がある。存在自体は知っていたのだが、まだ入ったことはない。子供たちの声が聞こえたりして雰囲気《ふんいき》もいいし、桜もきれいだ。よし、あそこにしよう。そばにあった横断歩道を渡り、公園の門を抜けようとしたその時だった。

「あ」

短い声、それも低い男子の声が聞こえて、朱里はふり向いた。

コンビニの袋をさげたパーカー姿の男子が立っていた。わりと背は高く、でも無造作《むぞうさ》に切られた短い髪とか素直そうな顔立ちとあいまって、全体的な雰囲気はあどけない。

「あ」と自分も同じ声をもらして、朱里は昼休みに由奈から聞いた名前を思い出した。

「乾くん」

「山本さんも買い物？」

乾和臣は同じコンビニの袋を目線で指して、奇遇だねというニュアンスで笑った。その笑顔が屈託ないというか、いかにも健康優良児という明るさにあふれていて、朱里もつられて笑った。人の警戒心をするっと解いてしまう笑顔だ。

「家帰んないの？」

「あー……ちょっと休憩？」

「俺も」

そして和臣はすたすたと公園に入っていく。朱里はちょっと面食らって、遅れてあとを追いかけた。なんというか、間が独特な人だ。普通の男子だと「一緒にどう？」とか言いそうなものだけど。

公園の野原では小さい子たちが追いかけっこをしていて、ベンチではおじいさんが本を読んでいた。和臣は気持ちよさそうに伸びをしながら、遊歩道を歩いていく。

そのうちブランコやジャングルジムの遊具がある広場に出て、和臣は慣れた様子で空いていたブランコに腰を下ろした。ここまで来て別々の場所に座るのも変なので、朱里もとなりのブランコに腰かけた。鎖が小さく軋《きし》み、そっと地面からスニーカーの踵《かかと》を離すと、振り子みたいにブランコがゆれる。ブランコに乗ったのなんて何年ぶりだろう。

「うまい棒食べる？」

ビニール袋をがさごそいわせた和臣が、棒状のスナック菓子を突き出した。コンビニで十円くらいで買えるおなじみの駄菓子だ。やっぱり和臣は間が独特で、でもそれは決して嫌じゃなかった。朱里は、うまい棒をもらって笑った。

「私、これが一番好きなんだ。たこ焼き味」

「あ、俺も」

うれしそうに笑った和臣はさっそく袋を開け、スナック菓子にかじりつく。朱里も小学校の遠足のおやつによく持っていったそれをかじった。パンツに落ちたスナックのかけらを払っていると、和臣が「てか」とうまい棒をかじりながら言った。

「意外だった。由奈と山本さんが友達になるって」

……この人けっこう唐突《とうとつ》だな。

「性格、真逆だもんね」

自分が人から、遠慮《えんりょ》がないというか、もっと言えば『手慣れてる』というか、とにかくそういうふうに見られやすいという自覚はあるのであえておどけて言った。それに和臣は「うん」とすんなり応じて、思いがけないほどやさしい笑みを浮かべた。

「けど、仲良くなってくれてよかった」

一瞬和臣の表情に見入ってしまい、朱里は意味もなく髪をいじった。

「……でも、きっかけが『お金貸して』ってのは、自分でもどうかと思うけど」

「ははっ、それね」

和臣が遠慮なく笑ってくれたのが却《かえ》って気持ちよくて、朱里も笑いながら『あの日』のことを思い返した。

あの日は、この街に引っ越してきてから数日しか経っていなかった。家の中は段ボール箱だらけで、父はずっと忙しそうに外に出たり家に入ったりをくり返していたし、理央もために、自分の部屋にこもって片付けをしていた。朱里は午前中、翌月入学する高校の制服を買うために、母と百貨店に行った。制服を買うくらいすぐ終わるだろうと思っていたのに、試着だの採寸だのあれこれとやっているうちに予想外に時間が経ってしまって、終わった時には正午近くになっていた。母と百貨店で別れた朱里は大あわてで最寄り駅に走った。

大切な約束があったのだ。大切な人との約束が。

それなのに。

駅の構内に入って改札に直行したところで、恐ろしいことに気がついた。自分がスマホや財布を入れていたバッグを持っていないということに。あまりのことにしばらく頭が凍りつき、そして青ざめながら理解した。百貨店で制服の試着をする間、バッグは母に預かってもらっていた。そして全部が済んだらもう時間がギリギリになってしまっていたから、そのまま外にとび出して大あわてでここに来た。母にバッグを預けたまま。

いつものようにスマホを使って改札を通ることはできない。それでもせめて現金を持っていないかと悪あがきのようにジャケットやスカートのポケットを探ってみたけれど意味はなかった。どうしよう、今すぐ家に戻る？　――だめだ。戻ってたらもう間に合わない。そうだ、理央に頼んでお金持ってきてもらえば――って、どうやって連絡とるわけ？　スマホもないんだってば。

改札のそばをぐるぐると歩きまわる、あの時の自分の姿はきっと滑稽《こっけい》だったと思うけど、内心は動揺《どうよう》と混乱で心臓が今にも止まりそうだった。

その時だ。

駅ビルに通じるエスカレーターから降りてきた、自分と同年代の女の子が目に入った。服装は控えめなパステルカラーのスカートとブラウス。うつむき加減の顔を、くせのないきれいな髪が隠していて、とぼとぼとした足取りは自信がなさそうだった。「なんだかごめんなさい」とわけもなくまわりに遠慮しているみたいに。

でも、直感のように思ったのだ。きっとこの人は自分から誰かを傷つけたりしないいし、何かの拍子に傷つけてしまったらかなしくなるし、見知らぬ相手だって不幸せでいるよりは幸せでいてくれるほうがいいと考える、そんな人だと。今まで大人の都合に振り回されていろんな場所でいろんな人間を見てきた中で磨《みが》かれたセンサーが「彼女だ」と命令した。

気づいたら彼女に駆けよって肩をつかんでいた。

『いきなりこんなこと頼んでごめんなさい！　お金貸してもらえませんか⁉』

いきなり肩をつかまれて硬直した彼女は、目をまんまるくして、それから激しく視線を泳がせ始めた。……だよね！　何言ってんのこいつって感じだし、やばいやつに捕まっちゃったって思うよね！　私があなたでもそう思う！　わかってる、でも。

『こんなお願い私もほんとどうかと思うんですけど、でも――今日遠くに行っちゃう友達がいて、どうしても見送りたくて、でも、財布もケータイも忘れてきちゃって……』

必死に頭を下げながら、自分が周囲の視線を集めていることを感じた。それも決して好意的ではない、怪しみ軽蔑《けいべつ》するような視線を。頬《ほお》が火傷《やけど》したみたいに熱い。恥ずかしくて居たたまれない。当たり前だ。私だって同じことを言われたら、こんな胡散《うさん》くさい言い分は信じない。騙《だま》そうとしてるんじゃないかって疑うし、こんな人間とは関わり合いにならないほうがいいってさっさと立ち去る。それが普通だ。

『……どこまで、行くんですか……？』

問いかけた声は小さくて、かぼそくて、子猫が鳴いたみたいだった。

え、と顔を上げると、目が合った彼女は顔を赤くした。行きたい駅名を告げると、彼女は券売機の上に掛かっている路線図を見上げた。路線図に記載された駅名の下には、そこに行くまでにかかる運賃も一緒に記されている。

『……電車のほかに、バスとか、使いますか？』

『いえ……それは大丈夫、駅で待ち合わせてるから……』

こくんと頷《うなず》いた彼女は、細い指でポシェットから財布をとり出した。千円札を二枚抜き出すと、ためらう様子もなく、それを両手でさし出した。

自分にさし出されたお金を見つめたまま、あの時はしばらく身動きできなかった。

『……いいんですか？　え？　ほんとに？』

自分で頼んでおきながら信じられなくて確認すると、彼女はまたこくんと頷いた。あの瞬間、正直に言うと、泣きそうだった。

『ありがとうございます！　必ず返します！　あの、明日またここに来てもらえますか？時間――今と同じくらいに』

これも「どうせ来ないんじゃないか」と疑われたって仕方ない言い方だったが、彼女はうつむき加減のまま頷いた。朱里は『ありがとうございます！』ともう一度頭を下げてから、改札を走り抜け、ぎりぎり電車にとび乗った。

彼女のおかげで、春から遠方の高校の寮に入ることになった友達を、ちゃんと見送ることができた。

次の日、約束していた時間よりも早く駅に行くと、彼女が所在なさそうに立っていた。何度もお礼を言って二千円を返すと、なぜか彼女のほうが恐縮して『ありがとうございます』と言うから笑ってしまった。それはこっちの台詞《せりふ》なのに。

でも本当におかしかったのはそのあと。

話してみると同い年で、四月に入学する高校も一緒だということがわかり、いっきに打ち解けた。せっかくだから途中まで一緒に帰ろうということになって、おしゃべりしながら歩いたのだが、なぜか帰り道がずっと同じ。

ついにはマンションの前まで来てお互いに顔を見合わせた時の、あの何度もまばたきをくり返していた由奈の顔は、今思い出しても笑ってしまう。

*

空が日暮れの色をおびてくると吹き抜ける風も涼しくなってきた。朱里は心地よい風を感じながら、うまい棒の最後のひと口を食べた。となりのブランコに座った和臣は、もう二個目のうまい棒を半分までかじっている。

「俺、由奈から知らない人に金貸してきたって聞いた時は『騙されたんじゃない？』って言っちゃってさ」

「だよね。私でもそう思うもん」

「けど、そしたら由奈が」

騙されたんじゃないか、ていうかおまえも警戒心なさすぎ、と注意する和臣に、由奈はこう言ったのだという。

『でも……もしあの人の言ってることが本当でね、それなのに誰にも貸してもらえなかったら、大事な人の見送りができなくなっちゃう。そのほうが、嫌』

そんなことは知らなかったから、胸がきゅっとした。風にあおられて頬にかかった髪を指先で払いながら、朱里はしみじみと思った。

「由奈っていい子だなぁ。ひねくれたとこも全然ないし」

「めちゃくちゃ内気だけどね。まわりとペース合わなくてあたふたしてること多いし」

「そういうおっとりしてるところも私は好きだよ」

由奈といると、そう、場を盛り下げないために本心とは違う言葉を使わなければいけなかったり、相手の小さな無神経に傷ついたり、そういう人間関係のストレスを感じないのだ。楽に息をして、安心しながらそばにいられる。今まで何人も『友達』という関係を築いた人はいたけど、由奈みたいな相手は初めてだ。

だから由奈にはいつも笑っていてほしいし、してあげられることがあるなら何でもしたいのだけど——理央と一緒に部屋に残してきた時の、由奈のすがりつく子犬のような目を思い出して、朱里はため息をついた。

「……けど」

「けど？」

「いつもうつむきがちっていうか……もう少し、こう、グイッといったらいいのにって歯がゆくなる時もあって。あんなに奥手とは」

「由奈は自分に自信ないからなー」

うまい棒をかじるついでのように和臣が言った時、勝手だとは思うが、カチンときた。

確かに由奈はどうしてそんなにと思うほど自信がない。でもそれを補《おぎな》って余りある、宝石みたいな長所をたくさん持っているのだ。

「でも、いい子なんだよ」

つい声を強めると、袋をまるめながら和臣が微笑した。こっちの心の動きをぜんぶ見透かしていたみたいに。

「そう言える山本さんも、すごくいい子だと思うよ」

「……私？」

「うん」

てらいなく頷かれて、不覚にも照れてしまった。それをごまかすために朱里は手を振りながら笑った。

「や、乾くんは私のこと知らないだけだよ。私、別にいい子じゃないし」

「そうかな。これからもっと山本さんのこと知ったとしても、たぶん俺のジャッジ変わんないよ」

裏のない素直な笑顔に、胸の奥で小さな波が起きた。――これってもしかして、合図を出してる？　仕掛けてきてる？　彼の目を見つめて真意をさぐり、こっちも駆け引きを開始する、と思いきや「あ」とスマホを見た和臣が突然立ち上がった。

「俺そろそろ帰るわ。山本さん、まだいる？」

「……や、私も帰る。由奈のこと残してきてたんだ」

「あ、そうなの？　じゃ行こう」

そして和臣は健康優良児の足どりで颯爽《さっそう》と歩き出してしまう。早足でそのあとを追いながら、朱里は小さくうなった。

乾和臣。

なんか、つかみにくい人。

*

朱里ちゃん、どこのコンビニまで行ってるの……？

由奈は理央のベッドのサイドボードに置かれた目覚まし時計をちらりと見て、ひそかにため息をついた。もう朱里が出かけてから三十分以上が経っている。そろそろ帰ってきてくれないと心臓が限界だ。

「で、こっちはちょっと複雑な展開になってるけど、基本はさっきと同じ。（x＋y）が共通してるから、ここをひとかたまりに考えると、さっきの公式と同じ形になるじゃん。そんでさっきと同じ感じで――とか、ここまで大丈夫？」

理央の落ち着いた口調は聞き取りやすくて、説明もわかりやすい。けれども朱里がなかなか帰ってこないことが気にかかって意識がそれていると、理央が説明をやめて小首をかしげた。見つめられただけで心臓とか呼吸とかが大変な状態になってしまって由奈が声を出せないまま口を開け閉めしていると、理央は指先で額をかいて、かたわらに置いていた通学バッグを開けた。

「数学って、式の形が変わって見えてもやることは同じだから。公式どおりにパタンパタンって計算してけば答えは出る。これはさっきやった公式の……」

説明しながら理央がテキストをとり出した時、一緒に何かが通学バッグの中からこぼれ落ちて、ひらりと床に舞った。

うすいピンク色の、きれいな花のイラストが入った封筒だった。ひと目見ただけで、どんな相手にどんな思いを伝えたくて書かれた手紙なのか、すべてわかってしまうような。

封筒を凝視していると理央が「あ……これ？」と若干《じゃっかん》きまり悪そうに封筒を拾って通学バッグの上に無造作《むぞうさ》にのせた。

「今朝、駅でもらった。知らない別校の子」

「……理央くんは」

初めて名前を呼ぶ緊張のせいで、声が少しかすれた。

「理央くんは、こういうこと、よくあるの……？」

「たまに。でもちゃんと断ったけど」

カミソリで、スパッと心を切られたような気がした。

「断っちゃうんだ……」

「うん。タイプじゃなかったし」

またスパッと切られたような気持ちになって、由奈は自分がショックを受けているのだと気づいた。ショックって何？　どうして？　私がそんなの感じる必要、ないのに。

「どうかした？」

理央が眉をよせる。勉強を教えてもらうためにここにいるのに、いつの間にかシャーペンもノートの上に手放してしまっていた。由奈は理央から目をそらしてうつむいた。

「……別校の子なら、わざわざふって傷つけなくても、いいんじゃないかな……」

彼のタイプじゃないことも、好きになってもらえないことも、仕方のないことだ。でもこの手紙を書いた子は、たぶんずっと理央のことを密かに見つめていて、理央のことばかり考えながら手紙を書いて、きっとものすごい勇気を出して手紙を渡したのだろう。

その気持ちを、そんなにあっさりと切り捨てないでほしかった。自分には関係ないことだとはわかってる。でも、彼にはそんなふうに人の気持ちを粗雑《そざつ》にしないでほしかった。

けれど返ってきた理央の声にはまったく熱がなかった。

「俺だったらそんなのやだけど」

「……どうして？」

「だめならだめでちゃんとふってくれないと、ずっと気持ち引きずっちゃうじゃん」

思わず由奈は伏せていた顔を上げて、理央を正面から見つめた。とても深くてきれいな瞳が、今、自分だけを見つめてる。

この人も、応えてもらえない切ない気持ちを、引きずったことがあるんだろうか。

時計の秒針の音がやけに大きく聞こえた。理央が「あいつ遅いな」と沈黙を埋めるように呟《つぶや》くと、もうこれは勉強にならないと判断したみたいにシャーペンをテキストの上に放り出して、後ろのベッドに背中をもたれさせた。

「由奈ちゃんは、好きな人とかいないの？」

　初めて彼の声で呼ばれる自分の名前を聞いて、心臓のリズムが速くなった。でもその熱はすぐに引いて、自分がなぜ沈んでいるのかもわからないまま由奈はうつむいた。

「……好きになっても、意味ないから」

「なんで？」

　なんで、って。由奈は通学バッグの上に無造作に置かれたままの封筒を見つめた。

「私レベルが何言ってんのって相手に思われそうで……」

「は？　そんなこと思うやつはただのクソ野郎だよ。そんなやつ蹴《け》っ飛ばしていいから」

　王子様みたいな顔でそんな乱暴なことを言うから、おかしくなって由奈は笑ってしまった。――蹴っ飛ばされるのが誰なのか、きっと彼には想像もつかないだろう。

「でも、ふられるってわかってて告白なんてできないよ。する意味も……勇気もないし」

　だから見てるだけでいいのだ。自己嫌悪で苦しくなった時、古い絵本を引っぱり出して王子様の挿絵を見つめていれば、ゆっくりと肩の力が抜けてしあわせな気持ちになれた。これからも同じように、わざわざ意味のない告白をしてお互いに気まずくなったり傷つくようなことをしなくても、ひっそりと遠くから彼を見ていられたら、もうそれで十分だ。

「違うよ」

静かだけど、きっぱりとした声だった。何が違うのか、とまどいながら顔を上げると、理央は冷ややかな目でこちらを見ていた。

「そういうのって『告白できない』って言わない」

「え……だって、ほんとにできないよ？」

「できるよ。しようと思えば。しないのとできないってのは違う。俺の場合とは違う」

彼はどうしてこんなに――さびしい目をしているのだろう。本当は最初からずっと感じていた。満たされない苦しさを抱えているような気配を。

「理央くんの場合って――？」

理央はフイと視線をそらした。

「それは言えない。秩序が乱れるから」

「秩序……？」

ますます意味がわからなくて、とまどっていると、足音が近づいてくるのが聞こえた。

朱里だろうか。でも、それにしては大きくて、なんだかすごく急いでるような――

「朱里っ？」

勢いよくドアが開かれ、驚いてふり向くと、そこには由奈の母親と変わらない年頃の女性が立っていた。外出からたった今帰ってきたという感じで薄手のジャケットを着ており、片手に買い物袋をさげている。由奈はびっくりして動けなかったが、自分以上に驚いた表情で凝視してくるその女性が、朱里とよく似た目をしていることに気づいた。

「朱里ならコンビニ」

理央がベッドにもたれたまま、熱のない口調で言った。われに返ったように理央を見やった女性——きっと理央と朱里の母親である彼女は、それから由奈に目を戻して、ぎこちない笑みを浮かべた。

「……いらっしゃい。理央くんのお友達？」

「えっと、はい……おじゃましてます」

「つーか、ノックぐらいしてよ」

理央がため息まじりに言うと、母親の笑顔がさらにぎこちなくなった。

「ごめん。話し声が聞こえたから、てっきり朱里がいるのかと思って……」

どうして、理央が朱里の部屋にいるというだけでそんなに狼狽《ろうばい》しなければいけないのだろう。よくわからなくて由奈は理央を見たが、理央はテーブルに広げたノートのあたりに視線を据えたまま黙っている。怖いくらいに表情がない。重い沈黙に気まずくなった様子でまた母親が謝った。

「ほんとごめんね、理央くん」

「……なに？　どうしたの？」

母親の後ろから、朱里がひょっこり顔を出した。片手にはコンビニのビニール袋を持っている。母親は後ろから突然現れた娘に驚いたようだったが、気まずそうに黙りこんでしまう。妙な雰囲気《ふんいき》を朱里も感じ取ったようで、眉をひそめ、弟のほうを見た。

「理央?」

「……俺と朱里が二人で部屋にいるんじゃないかって、心配しちゃったみたい」

本当に、一瞬だった。

一瞬で空気が凍りつき、朱里のきれいな顔が激しい嫌悪にゆがんだ。

「いい加減にしてよ! お母さんが考えてるようなこと、理央は絶対しないってば!」

お母さんが考えてるようなこと、というのがどういう意味か、言語化する前の直感みたいなものとしてわかった。でも、どうして母親が娘と息子に対してそんな心配をしなければいけないのか。

「お母さんに心配かけないように私と理央が普段どれだけ気を遣ってると思ってんの?」

「朱里……」

「結局お母さんはいっつも自分のことだけ……そんなに心配なら、なんで理央のお父さんと再婚なんてしたの!」

由奈は思わず息を止めた。その瞬間すべてが、娘と息子が同じ部屋にいると思って狼狽する母親も、それに激しい怒りを見せる朱里も、理央の感情を押し殺した表情の意味も、何もかもが嵐みたいな速さでわかった。

理央がすばやく立ち上がり、母親に怒りをぶつける朱里の腕をつかんだ。

「朱里、もうやめとけって」

「だって……！」

「いいから。由奈ちゃんもびっくりしてんじゃん」

その言葉にはっとしたように朱里はやっとふり向いて、由奈と目が合うとひどく苦しそうな表情を浮かべた。

由奈は何かを言わなければいけない気がして口を開けたが、何も言葉が出てこなかった。

朱里が荒っぽく息をつき、母親に尖った視線を向けた。

「言っとくけど、理央はちゃんと私の弟だから！」

人が怒っているのを見るのはハラハラして、でも自分にはどうにもできなくて、焦って気を揉《も》みながら由奈は助けを求めて理央のほうを見た。

なぜか理央は笑っていた。

伏し目がちに、とてつもなくさびしい笑みを、かすかに唇にのせていた。

「──ちゃんと弟って、変な言葉」

とても、とても小さなその声は、たぶん自分以外の誰の耳にも届かなかっただろう。

──待って。

双子《ふたご》のきょうだいなのだと思っていた朱里と理央は、けれどそうではなかった。たぶん両親同士の再婚によって家族になった——本来なら他人だった二人だ。

でも朱里はそんな理央にも『弟』として接している。朱里の理央に対するほどほどに雑で遠慮《えんりょ》のない接し方は自然だった。——でも。

それなら、理央のほうは？

はじめは何とも思わなかった。理央も『姉』以上の感情などなく朱里に接しているように見えた。でも、さっき彼が発した言葉。好きになっても報われる見込みのない相手には告白なんてできないと言った自分に、彼が冷めた目で返したあの言葉は。

『しないのとできないってのは違う。俺の場合とは違う』

理央は、言葉にすることすらゆるされない、行き場のない恋をしている。

想いを伝えたくても伝えられない相手。伝えてしまえば『秩序が乱れる』相手。

『——ちゃんと弟って、変な言葉』

小さく息をのみながら顔を向けると、朱里をなだめていた理央と目が合った。由奈が口を開きかけた瞬間、理央が優雅に人さし指を唇に当てた。自分の唇に彼の指が当てられたみたいに鼓動が乱れて、由奈は口をつぐんだ。

「ごめんね、由奈。せっかく来てくれたのに……」

私そろそろ失礼します、おじゃましました、と勉強道具をまとめて逃げるように玄関へ向かうと、朱里があとを追ってきた。申し訳なさそうな顔をする朱里に、そんなことない、気にしないでと首を振りながら、ずっと脈が速かった。

理央くんの好きな人。

理央くんが告白したくても、できない人。

それって——

3

その夜、お風呂から部屋に戻ってくると、朱里からLINEが入っていた。

『なんか嘘ついてたみたいでごめん』

『嘘なんて思ってないよ』

本心からそう返すと、すぐに既読マークがついて、朱里からの返信が表示された。

『ほんとに私たち何でもないから気にしないで』

何と返せばいいのかわからなかったから、ウサギが『りょうかい』と親指を立てているスタンプを送った。由奈は濡れた髪にタオルをかぶせたままベッドに倒れこんだ。

何でもない。朱里にとっては確かにそうなのかもしれない。でも、理央は？

唇に人さし指を当てる理央の姿がよみがえる。そのとたんに耳と頬に熱がともり、心臓の音が加速して、ぎゅっと目を閉じる。

どんな気持ちなんだろう。

好きなのに、それを伝えることもできない相手と、家族として暮らすのは。

翌朝学校で会った朱里はいつも通りだった。いつも通りに明るくて、よくしゃべって、よく笑った。でも、もしかして『いつも通り』に見せるためにそうふるまっているんじゃないか、と今は深読みしてしまう。

午後の授業はグループ学習だった。国語、英語、数学、科学、社会の中から好きな分野を選んで五人程度のグループを作り、自分たちでテーマを決めて自主研究する。由奈は英語と理数系が苦手だという消去法で国語を選び、朱里は一択で英語を選んでいた。朱里は英語が得意なのだ。授業で英文を読む時も発音がきれいで聞き入ってしまう。

由奈がグループ学習を終えて教室に戻ってくると、朱里からＬＩＮＥが入っていた。

『ちょっと長引いてる。もう少しで終わるから待ってて』という内容だった。わかったよ、と返事をして、先に荷物をまとめて昇降口で待っていることにした。

放課後の昇降口はいつもながら騒がしい。上履《うわば》きからローファーに履きかえた由奈は、人の邪魔にならないように靴箱《くつばこ》の脇にもたれて、行き交う生徒をながめた。ジャージに着がえて部活に向かう男子、熱心に趣味の話をしている男子、じゃれ合って笑い声を響かせながら外に出ていく数人組。いつの間にか彼の姿を捜して男子生徒ばかり見てしまっていたことに気がついて、あわてて由奈は顔を伏せた。

「朱里のこと待ってんの？」

びっくりして顔を上げると、学ラン姿の理央と目が合って、由奈は一瞬で赤くなった顔を隠すためにまたうつむいた。

「あ、うん……グループ学習、もうすぐ終わるからって」

「そっか。……昨日は、なんかごめん」

昨日のことは理央が悪いわけじゃない。というより誰も悪くないことだ。ちゃんとわかっているという意味で、由奈はうつむいたまま小さく頷《うなず》いた。

「由奈ちゃんは、気にすることないから」

正直気にせずにいられるかというと難しい気もしたが、理央が気を遣って言ってくれているのもわかるから、また頷いた。

ちょっと間があって「ねえ」と理央の声が頭の上に降った。

「なんでずっと下向いてんの？　俺こっち」

うつむいた視界に指の長い手が入って、え、と思った時には両側の頬をはさまれてクイと上を向かされた。とっさに呼吸を止めてしまうほど近くに理央の顔があって、身動きもできないまま見つめ返すと、理央は満足そうに笑った。

「よし。じゃあね」

軽く手を振って理央が昇降口を出ていき、校門に向かうその姿が完全に見えなくなった瞬間、由奈は膝から力が抜けてしゃがみこんだ。必死に呼吸を整えながら胸を押さえる。鼓動が加速しすぎて、心臓が痛い。

そうしたいわけじゃないのに、さっきの理央の笑顔が何度も何度も再生される。ずっとさびしそうな翳《かげ》を落としていた彼が、初めて見せた曇りのない笑顔だった。すごく透きとおっていてまぶしくて、もうこれ以上欲しいものなんて何もないと思ってしまうような。

自分が深みにはまろうとしていることを悟って、怖くなってぎゅっと目を閉じる。

だめ。

だって、意味がない。結末はわかってる。拒絶されると最初からわかってる想いを抱くのは無意味だ。傷つくだけだ、つらいだけだ、わかってるのに。

それなのに止まらない。激流に押し流されるように、自分の意志とは関係なく、心がすごい速度で彼へ引きよせられていく。自分が言った言葉が耳の奥によみがえる。

『恋って、気づいたら落ちてるものなんじゃないの？』

*

市原由奈。あの子、何かに似てんだよな。何だろ。……うさぎ？　あ、うさぎか。白くて、目がおっきくて、口がちっちゃくて、少しおびえた感じで。そうだ。

マンションに向かって歩きながらずっと考えていた答えが出て少しすっきりし、理央は小さく笑った。こっちに越してきてからは気が滅入《めい》っている日のほうが多かったが、今はひさしぶりに楽しい気分だった。途中で通りかかった公園の桜並木では、早くも薄紅《うすべに》色の花びらの間からちらほらと緑の葉っぱが出ていた。

それにしても由奈は、朱里の友達としてはめずらしいタイプだ。

中学の頃の朱里は、朱里自身と似たタイプの、つまりある程度容姿が整っていて、だから自信があって、クラスのヒエラルキーでも上位にいる女子が集まったグループにいた。本当のところ朱里は自己肯定感が低いし、明るくふるまっていても中身はそこまでじゃないのだが、まあつまりそういう女子たちとサバサバ付き合っていたのだ。

でも由奈はそんな今までの友達と真逆というか——見るからに人見知りで引っ込み思案で、うつむきがちで声が小さい。正直朱里が由奈を家につれてきた時は、なんで友達になったんだろうとふしぎだったのだが、今はわかるような気もする。由奈は、笑顔の裏でのマウントの取り合いとか媚《こ》びとか中身のない同調とか、そういう人間関係あるあるの面倒くささがないのだ。見るからに自信がなさそうではあるんだけど、代わりに正直でこっちを変に試したりもしない。だから一緒にいると、こっちも肩の力が抜ける。

きっと朱里もあの子のそういう感じに安心して——そこまで考えて、ため息がもれた。

またただ。またあいつのことを考えてる。なるべく考えないようにしてるのに、気を抜くとすぐこうだ。いい加減疲れる。

のろのろと歩くうちに、マンションのエントランスが見えてきた。理央は我が家のある五階を見上げながら、また盛大なため息をついた。

神様。健全な高一男子にとっては、かなりきっつい生活ですよ、コレ。

とはいえ体育会系のノリが大っ嫌いだし文化系にも興味はないしで帰宅部である自分にはほかに行くところもなく、理央は諦めてセキュリティボードに暗証番号を打ちこんでエントランスのドアを抜けた。バイトでも探そうかな、などと考えながら上の階で停まっていたエレベーターが降りてくるのを待った。

「あ」

珍獣でも発見したみたいな声が聞こえた。ふり返ると、自分と同じ高校の学ランを着た男子が立っていた。学校帰りらしくリュックを背負ったままで、手には駅前のレンタルショップの紐付きバッグを持っている。腹が立つことに、向こうのほうが若干《じゃっかん》背が高い。

話したことはないけど相手の顔と名前は知っていた。向こうも同じだったようで、朱里と同じクラスの乾和臣は、控えめに声をかけてきた。

「山本、さんの弟、さん」

「理央でいいよ。ややこしいだろ」

面倒くさい気分で言うと、和臣はさっぱりと笑った。

「じゃあ俺もカズで」

……なんか心の垣根とかの概念《がいねん》がないやつだな。

「朱里から聞いてたけど、まじで同じマンションなんだな」

「だね」

短く答えた和臣は、となりに並んでエレベーターの階数表示板を見上げる。……え、それだけ？　こんな至近距離で沈黙したら気まずいから何かほかにしゃべろうって最低限のサービス精神はないわけ？　俺けっこう気を遣って話したつもりなんですけど？

ちらりと横目で見ると和臣はしれっとした横顔で階数表示板をながめている。口を開く気配はない。気まずくなってきた理央は、和臣が持っているレンタルバッグを指した。

「何借りたの？」

「ん？　あー」

和臣はちょっとバッグを持ち上げて答えた。

「『マッドマックス』」

ほお、と思った。なかなか渋い趣味をしてる。しかし重要なのは次だ。

「の？」

「の？」

和臣が目をまるくして顔をこっちに向け、見つめ合った瞬間、男子のテレパシーが通じた。お互いを指さしながらぴったり声がそろった。

「『怒りのデスロード』！」

だよなー！　とうれしくなって肩を叩き合っていたら、静かに降りてきたエレベーターが「ゴトン」と音を立てて扉を開いた。

マックスやっべーよな。フュリオサかっけーよな。あんなドンドンバチバチやってんのにCGほとんど使ってないって鳥肌とまんなくね？　俺最後の「Witness me!」でいつも号泣すんだけど。

夢中で言い合っていたら、四階でエレベーターが停まった。和臣はこの階に住んでいるらしい。理央が名残《なごり》惜しい気分で「じゃあ……」と言いかけると、一拍早く和臣が開扉ボタンを押しながら言った。

「俺んち来てこれから一緒に観る？」

「……いいの？」

「いいともー」

ということで乾家におじゃますることになった。和臣の両親は共働きだそうで、玄関に入ると家の中はしんとしていた。「俺の部屋ここ」と案内された部屋に入った瞬間、理央は思わず声をあげてしまった。

「うお、すげー」

部屋の壁ぎわに置かれた巨大なラック。そこに隙間《すきま》なくびっしりと映画のＤＶＤが詰められていたのだ。小さいレンタルショップでも開けそうな見事なコレクションだ。

「兄貴にもらったのとか、中古もあるけど」

「兄ちゃんいんの？」

「六コ上。親と揉《も》めて家出ちゃってるけど」

「へー、訳あり？」

「まあ、いろいろと」

あまり深く突っ込まれたくない時に使う言い回しをして、和臣はテレビの前にしゃがみこんで鑑賞の準備を始める。まあどこの家でも何かあるわな、と思いながら理央がベッドにもたれてあぐらをかくと、和臣がデッキを操作しながら肩ごしに視線をよこした。

「理央んとこは？」

「なに？」

「双子《ふたご》ってどんな感じ？　よく言うじゃん、相手の考えることとわかるとか。あ、でも二卵性だとそういうのはない？」

二秒間だけ、考えた。話すべきか話さないべきか。朱里とは、基本的に自分たちの関係を言いふらしてまわることはない、周囲の人間が解釈するにまかせておけばいい、ということで合意している。そのほうが不利益を生まないし、嫌な思いもせずに済む。

でも、和臣に隠しておくのは、嫌だと思った。

「双子じゃない。俺と朱里、親同士が再婚したから、それで――」

隠すのは嫌だと思ったくせに、話している途中で後悔《こうかい》に襲われた。やっぱりやめたほうがよかったんじゃないか。こいつもあることないこと勘ぐるんじゃないか。息を詰めていると、和臣は意表をつかれた顔をして、でもそれだけだった。

「お、そうなんだ。そっか、了解」

そういう反応は予想してなかったから、肩透かしを食らった気分だった。

「……引かねんだ」

「え？　なんで？」

「朱里とは中学ん時、同級生でさ。周りにあることないこと散々言われたから……」

――え、つまり理央って義理の姉ちゃんと住んでんの？

――やっべ。ほんとになんもないわけ？　それで。

本当にうんざりするほどゲスなことを言われたし、自分だけならまだしも朱里のことまでネタにされると神経が焼き切れそうだった。だけどそういうやつらはこっちがムキになれば余計に喜ぶのだ。だからいつも奥歯を嚙《か》みしめて黙っていた。朱里も多かれ少なかれ同じような思いをしただろう。強情なあいつは絶対に弱音を吐かなかったけれど。

ディスクをデッキに入れた和臣がこっちを向いて、しらっとした顔で言い放った。

「それ、理央たちのせいじゃないじゃんな。それなのにワーワー言うやつなんてほっとけよ、雑魚《ざこ》キャラだから」

それより始まるぞ。あ、うまい棒食う？

いそいそととなりに体育座りして、スナック駄菓子を突き出してくる和臣をぽかんとながめたあと、理央は近年まれに見るくらい大きくふき出した。

何こいつ、めっちゃヘン。

4

「……ちょっと、朱里」

肩を控えめにゆさぶられて、朱里は薄目を開けた。リビングの天井と、のぞきこむ母の顔が目に入る。寝ちゃってたのか。小さくあくびをこぼしながらソファに起き上がると、もう窓の外が暗かった。今日は体育のマラソンがなかなかハードだったからくたびれて、少しだけと思いながらうたた寝してしまったのだ。

「あんたはもう、制服のまんまで、こんなところで」

「……はーい、ごめんなさい」

「いくら家だからって無防備でしょ。理央くんだって帰ってきてるんだし」

言葉に引っかかって顔を上げた時には、エプロン姿の母はもう忙しそうにキッチンへ向かっていた。今のはどうなんだと言おうにもタイミングを逸してしまってる。それに母も今パートから帰ってきたところなのだ。きっと疲れているのに、これから理央や自分、父のために、夕飯を作ってくれる。そう思うと否定するようなことは言いづらくて、朱里は喉《のど》まで出かけた言葉をのみこんだ。

いったん自分の部屋に戻って着がえをし、母の手伝いをした。父は残業で食事を済ませてくるらしいので、今日の夕飯は母と理央と自分の三人だけだ。三人で食べる日って空気微妙なんだよな……、とひそかにため息をついていると「朱里」と母に呼ばれた。

「そういえばボディーソープ切れてたの。詰め替えといてくれる？」

「わかった」

洗剤や日用品のストックを入れてある納戸《なんど》からボディーソープの詰め替え用パックを出して、朱里はバスルームに向かった。バスルームのドアはチョコレート色の木材でできている。そこをガラッと開けると、

「……おっ」

パーカーから今まさに頭を抜いたところの上半身裸の理央がいた。朱里はとっさにドア

を閉めた。ガツン、とけっこう派手な音が響いた。

「どうしたの？」

　音が聞こえたのだろう、眉《まゆ》をよせながら母が廊下《ろうか》に出てきた。しかも間の悪いことに「何？　もしかして使う？」と理央がドアから顔をのぞかせる。もちろんあられもない姿のままだ。朱里は深呼吸してなんとか感情を抑えこみ、理央に笑顔を向けた。なぜか理央はひるんだように背中を反らした。

「これ、替えといて」

　理央に詰め替え用パックを乱暴に押しつけて、わざと音を立ててドアを閉める。さっさとリビングに向かって歩き出すと、後ろから母がため息まじりに言った。

「あんた、理央くんにちょっときついんじゃないの？」

　——だって、理央を雑に扱わなきゃそれはそれでお母さんは変な心配するじゃない。

　喉にせり上がった言葉は、でも、やっぱり言えないのだ。言えば空気が悪くなるから。母を傷つけるから。こんなの、たぶん不満に思う自分の心が狭いだけだから。そうして、のみこんだ言葉は出口を失う。ただ、ただ、身体《からだ》の底に沈殿《ちんでん》していく。

　その後、母と理央と三人で夕食を食べたが、まだ微妙にぎこちない母と理央の間を取り持つためにあれやこれやと必死に笑い話をし続けたら変に疲れてしまって、朱里は「コンビニに行ってくる」と断って家を出た。「こんな時間に？」と母はいい顔をしなかったが、すぐそこだからとふり払って外に出た。

　夜の空気は、もうまったく冷たさがない。もうじき春というより初夏と呼んだほうがいい季節に変わるだろう。朱里はマンションから一番近いコンビニに入り、別に興味もない雑誌を立ち読みした。二十分が経ち、三十分が経ち、そろそろ帰らないと母が心配するとわかっていたが、足が動かない。――ここにいたいわけじゃない。ただ、帰りたくない。

　コン、と不意に小さな音がした。朱里は顔を上げて驚いた。

　窓の外で和臣が笑って手を振っていた。朱里は急いで雑誌を棚《たな》に戻して店を出た。

「乾くん、買い物？」

「いや、映画借りてきて、その帰り」

　和臣は駅前のレンタルショップの紐付きバッグを持ち上げてみせた。どちらともなくマンションに向かって歩き出すと、和臣が朱里の手もとを見て眉を上げた。

「てか山本さん、手ぶらで出てきてよかったの？　雑誌買いたかったんじゃない？」

「ううん、ひまつぶししてただけ。なんか家にいたくなくて」

　思ったより声が暗くなって、しまったと思った。和臣が、じっとこっちを見た。

「何かあった？」

「……いろいろあって現実逃避中。私、いい子じゃないから」

「悪い子の言い分、俺でよかったら聞くよ」

和臣の浮かべた笑みは思いがけないほどやわらかかった。いつもは健康優良児みたいにずんずん歩くのに、今はこちらに歩調を合わせてくれている。それに気づくと少しだけ、頬《ほお》が熱を持った。

「で、どうしたの」

改まって訊ねられるとなんだか世話をかけているみたいで恥ずかしくなったが、やっぱり話を聞いてくれる人がいるのはうれしかった。

「うちってちょっと……家庭の事情っていうのがあるんだけどね。理央と私――」

「あ、うん。理央から聞いてる」

「え、そうなの？」

最近理央が和臣と親しくなったことは知っていた。「そういえばカズがさ」とか「カズってバカでさー」と理央が和臣の名前をよく口にするようになったのだ。和臣も理央と同じで映画好きらしいから気が合うのかもしれないとは思っていたが、人付き合いは上手でも実はけっこう警戒心の強い理央が、和臣に自分たちの関係まで打ち明けていたのは予想外だった。和臣がそれをこんなにあっさりと受け止めていることも。

「それで……やっぱりまだみんな家族になってから時間が経ってないから、ちょっとまだぎこちなくて。とくにお母さんは、理央とどんなふうに付き合えばいいのかまだよくわからないみたいで、私と理央のこと――変に気にしたりもして」

「うん」

気にするというのがどういう意味合いか、わかっているニュアンスで和臣は頷《うなず》いた。

「……それで、家の中の空気をいちいち考えなきゃならなくて。うちのお母さん、バツ二でさ。そのたびに名前が変わったり転校したりで、本当はすごくやだったけど、だからって子供の私に選択肢《し》なんてなかったし。そうやって今までずっと私が折れてきて、新しい家族で暮らすようになってからもやっぱり家の空気を考えると私が折れなきゃいけなくて、ずっとそんなくり返しで――」

母には母なりの事情があったのだとわかっているし、今も新しい夫と今度こそ壊れない関係を築いていくために、血のつながらない息子とうまくやっていくために、毎日一生懸命なのだとはわかる。それに協力したいという気持ちもあるし、母を大切に思う気持ちも確かにあるのだ。

でも、過去にのみこんだ言葉が、押し殺した気持ちが、今も胸の奥に溶けない氷みたいに残っている。そして今日のみこんだ言葉も、やり場のない苛立《いらだ》ちも、やるせなさも、そこに毎日降り積もっていく。明日も、明後日も、一カ月後も、一年後も、こんなことは続いていくのだろう。そう思うと、もう――

「時々、逃げ出したくなる」

「どこに？」

「んー……ここじゃない、どこか」

そこへ行きたいと願う場所があるわけじゃない。こういう小さいけれど断ち切ることも捨て去ることもできないかなしみから離れられる場所なら、どこでもかまわない。

急に和臣が足を止めた。そしてマンションとは逆方向に歩き出すので、びっくりした。

「どこ行くの？」

「寄り道しよう」

肩ごしに笑った和臣は、迷いのない足どりでどんどん進んでいく。朱里もとまどいながらとなりに並んだ。和臣は一度横断歩道を渡って対岸に行くと、文化施設のわきにある、朱里がいつも通りすぎるだけだった細い坂道を上り始めた。車両は進入禁止になっていて、遊歩道の両側にハナミズキの木が植えられていた。

「――わー！　すごい！」

かなり長い坂道のてっぺんにたどり着き、和臣に手招きされるまま高台の端まで歩いた朱里は思わず声を上げた。

転落防止のフェンスの向こうには美しい夜景が広がっていた。夜の闇もかすんでしまいそうな光の群れが街を覆《おお》っていて、まるで大地にも星空が広がっているみたいだった。

「近所にこんなとこあったんだ。知らなかった」

「知る人ぞ知る穴場。俺の秘密基地」

自慢げに笑った和臣は、フェンスの向こうに人さし指を伸ばした。

「俺もさ、小さい頃、あのへんのとくにピカピカしてるとこ、あそこにはどんだけ夢みたいな世界が広がってんだろうって思って、わくわくして、歩いていってみたんだ」

好奇心に目をかがやかせて街をずんずん歩いていく幼い和臣の姿が直接目にしたように思い浮かんで、朱里は笑った。

「どうだった？」

「同じだった」

和臣は微笑したまま、穏やかな声で言った。

「見たことあるような家と、外灯と、看板と、道と、普通の店と……ここと同じ、ただの現実だった」

魔法がとけたみたいに、夜景の美しさと幼い和臣の冒険譚《たん》に浮き立っていた心が静まっていった。そう、知ってる。本当は、わかっているのだ。

「……『ここではないどこか』は、ないってことか」

絶望なんて大げさなものじゃない。苦痛なんていうほどのものでもない。でもゆるやかに絡まって決してふり払うことのできないものの重さに疲れて、朱里は植え込みの石垣《いしがき》に座りこんだ。和臣もとなりに腰を下ろした。石垣はけっこう高さがあって、朱里は地面から浮いた足を子供の頃のようにゆらした。

「親の事情にふり回されても、仕方ないって思うしかないもんな、子供は」

「……そうしないと暮らしていけないし」

「まあ、でもたまには、ごめんね、ありがとう、助かるよ、とか言ってほしいよな」

——どうして、わかるんだろう。

母に言ってほしいこと。たったそれだけ言ってくれたら、胸のわだかまりも全部帳消しになって、いくらだっていい娘になれる言葉。

どうしてこの人は、たえまない日常の中ですぐに流れてしまう気持ちを、今まで誰も気づいてくれなかった小さな願いを、すくい取ってくれるんだろう。

胸の甘苦しい感覚にとまどいながら、朱里は夜景をながめる和臣の横顔を見つめた。その視線を感じたように和臣がこっちを向いた。目が合った瞬間、自分でもわけがわからないくらい鼓動が跳ね上がって、朱里は足がつかないことも忘れてとっさに立ち上がろうとした。足が空中を踏んでバランスを崩し、小さな悲鳴をあげながら石垣から落ちかけた。

「あっぶ！」

落下しかけた身体を、大きくて硬い手に抱きとめられた。一緒に時間も止まった気がした。ものすごい勢いで打っている自分の心臓の音と、強くて温かい腕と、彼の肌から感じるにおいが、その瞬間、世界の全部だった。

「……意外とそそっかしいな」

呟《つぶや》いた和臣は身軽に地面に飛び降りると、ほら、というように手をさし伸べてきた。

「ありがと……」

指先に微熱が絡まる手を、さっき自分を抱きしめた手に重ねる。握り返された力はしっかりと強くて、地面に下りるまでエスコートしてくれた。これは、今度こそ、そうなんじゃないの？　地面に足をついた未里は、手を握られたまま和臣を見上げた。目をのぞいて確かめるために。そこに合図があれば、自分も応えるために。

でも和臣はするりと手を放すと、目が合う前に歩き出してしまった。

「もう遅いから、そろそろ帰ろう。家の人も心配してるよ」

——ほんとに、わかんない。

小学生の男子みたいに笑ったかと思えば、諦めを知っているような横顔で大人びたことを言う。こなれた仕草を見せて、仕掛けてきてるのかと思って見つめれば、次には意識なんて一切してないような態度になる。わからない。今まで付き合った人たちはもっとわかりやすかった。わかるように好意をアピールして、敏感にこっちの要求に応えてくれて、そして自分が与えたのと同じだけの見返りを求めた。

ねぇ、これは違うの？　今何を考えてるの？　さっき私にさわって、どう思ったの？

今のも、ぜんぶ、はじまりの合図じゃないの？

『なんでずっと下向いてんの？　俺こっち』

頬《ほお》をはさんだ手の感触を、もう何度思い出したかわからない。

＊

『よし。じゃあね』

初めて見た彼の楽しそうな笑顔を、もう何回思い浮かべたかわからない。だめだ、これ以上踏みこんではだめだ、と自分を押しとどめても、本当は自分がすでに後戻りできないこともわかっている。結末がわかっていることを思うと心臓が破けそうなのに、一瞬あとには彼の笑顔を思い出して泣きたいくらいしあわせになって、また苦しくなって。そのくり返し。重症だ。

せっかくの休日なのに何も手につかず、ベッドに転がってため息をくり返していた由奈は、ＬＩＮＥの通知音を聞いて枕もとからスマホをとり上げた。朱里からメッセージが届いていた。

『理央、今、勉強しに図書館行ったよ！』

早いものでもう四月の最終週。そして五月の連休明けには実力考査がある。きっと理央はその勉強のために図書館に行ったのだろう。

由奈は迷ったが『ありがとう、私もこれから行ってみる』と朱里に返事をした。朱里の気持ちはうれしいし、それに、やっぱり理央に会いたい。会ったってうまく話もできないし、目もあまり合わせられないけど、会いたくてたまらない。

図書館まではバスを使って十分くらいだ。由奈は勉強道具を入れたトートバッグを肩にかけ、早足でマンションを出た。バスの窓から外をのぞくと、空の青は深く鮮明で、雲の輪郭《りんかく》もくっきりと存在感を増している。春が初夏に変わろうとしているのを感じた。

図書館は一階と二階が蔵書の閲覧《えつらん》スペースになっており、三階に自由に利用できる学習スペースがある。整然と並んだ机は四人程度で使える大きさで、パーテーションで区切られた一人用のスペースではパソコンを使うことも可能だ。学習スペースにやって来た由奈は室内を見渡した。休日だというのに規則正しく配列された席は、学生や大人で埋められていた。それなのに、さがしていた人の姿は、一秒で見つけられた。

窓際の席で、イヤホンで音楽を聴きながら、厚いテキストを読んでいる理央。

理央くん、と呼んだ。声にはできなかったけど、胸の中で強く強く呼んだ。

理央が、まるで何か聞き取ったように顔を上げて、由奈に気づくと目をまるくした。

「由奈ちゃん」

名前を呼ばれただけで、泣きそうになる。しあわせなのか苦しいのかわからない気持ちで、懸命に笑いながら由奈は理央に近づいた。

「理央くんも勉強？」

「ん、家いてもやることないからさ。由奈ちゃんも？　一緒にやる？」

　そうなったらいいと願っていたことを理央のほうから言ってくれて、また胸がつまる。

由奈は「ありがとう」と精いっぱいの笑顔で言って、理央の向かいに座った。ノートにシャーペンを走らせる理央の顔を近くで見つめているだけで、もうこれ以上はいらない、と思った。自分には不相応だ。もうこれだけで十分だ。

　彼のそばで、ただ彼を見つめていられたら、

「……どうしたの？　また何かわかんない？」

　由奈の手が止まっていることに気がついたようで、理央が眉《まゆ》を上げた。由奈は自分の顔が真っ赤になるのを感じながらあわてて頷《うなず》いた。

「か、確率、なんか苦手でよくわかんなくて……」

「あー、確かにめんどいよな。わかんない時はさ、もうわかるまで書き出しちゃえばいいんだよ。別に教科書どおりに解かなくても最終的に答えが出たらそれでオッケーだから」

　理央が身を乗り出して由奈のノートに「とりあえずこの袋の中に赤い球が四つと白い球が二つ入ってるわけじゃん？」とイラストを描き始めた。理央の顔がすごく近くにあるので心臓が大変なことになったが、説明を聞いているうちに、学校の授業中には頭がこんがらがってわからなかったことが、突然スッと理解できて感動してしまった。

「理央くん、教え方、上手……！」

「なぜカタコト」

おかしそうに笑った理央が「そんで次はー」とテキストのページをめくって次の単元の説明までしてくれようとするので、由奈は急いで手を振った。

「あとは自分でがんばってみる。理央くんは理央くんの勉強して。試験も近いし……」

「なんで？　いいよ。由奈ちゃんに教えてると俺も復習になるし」

当たり前のように言って、理央はまた説明をしてくれる。世界で一番大好きなその声を聞きながら、鼻の奥が熱く痛くなる。

そばで見ているだけでいい、それだけでいいと思ったそばから、また心は強い引力につかまってしまう。見ているだけでは苦しい場所にまでどんどん自分を運んでいってしまう。

その先はないのに。絶対に望みはないのに。

理央にわからないところを教えてもらい、それをもとに自分で演習問題を解いて、またわからないことがあったら理央に訊くというのをくり返して二時間ほど経った頃だった。

「わ、理央、やっぱりいたー」

静かな学習スペースに突然響いた高い声に、由奈はびっくりした。私服姿の女子が三人、机と机の間の通路を歩いてこっちに向かってくる。どの子も見覚えがある。同じ学年の子たちだ。メイクをして服装もおしゃれな彼女たちを見ると、理央は気のせいかもしれないが、ちらっと面倒くさそうな目つきをした。

「うるさいんですけど。ここ図書館」

「ごめーん。てか理央、ほんとに図書館とか来るんだ。冗談かと思ってた」

理央に話しかける女の子は声が高くはずんでいて、理央に好意を持っているのがわかった。それはたぶん、ほかの子たちも。何もふしぎじゃない、理央はそれだけ魅力的だ。かわいくておしゃれな彼女たちに囲まれて由奈が気後れしていると、理央と話していた子がちらりとこっちに視線を流した。「誰？」と連れの女の子に訊くのが聞こえてしまい、由奈は肩をすぼめた。同級生だけど認識されてない……！　でも大丈夫、こういうことは小さい頃からよくあるから。印象がうすいことは自覚してるから、うん。

けれど理央が驚くほど鋭い声を出した。

「四組の市原由奈ちゃんだよ。知らないの」

「へー……なに、二人でテスト勉強？」

「……えっと、私がわからないところ、理央くんに教えてもらってて」

「え。理央が勉強教えるとか面白いんだけど」

「理央ってそんな親切だっけ？」

「うちらも混ざっていい？」

グループのリーダーっぽい子に笑顔で迫られて、由奈は思わず身体《からだ》を引いた。

「あ、うんっ、いい……」

ガタンと椅子《いす》を鳴らして理央が立ち上がった。さっさとテキストを閉じて、シャーペンをペンケースにしまい始める。

「ごめん、今日は終わり」

「えー？　なんで？」

「なんか頭痛くなってきてさ。また今度ね」

まだ「えー」と声をあげたり、つまらなそうに唇を尖らせる彼女たちに見向きもせず、筆記用具をリュックにしまった理央は、由奈に視線を送ってきた。それで由奈もあわててテキストやノートをトートバッグにしまい、先に歩き出していた理央のあとを追った。

階段を一緒に下りながら、情けない気持ちがこみあげてきた。馬鹿だ、私。

「あの、具合悪いって気づかなくて、ごめん……」

「え？　あー、あれウソだから」

しらっと理央は言った。

「ああいう断りにくい状況にして、圧力かけてくる感じが嫌だったからさ」

「……私は別にみんなと一緒でも大丈夫だったよ」

「そしたら由奈ちゃん、遠慮《えんりょ》して俺に訊いてこないもん」

意識する必要もないほど理解し合った人間のことを話すように、理央の言い方は自然だった。そして理央の言うとおり、彼女たちと一緒に勉強することになったら、自分はもう理央に質問できなかっただろう。胸がつまって、由奈はうつむいた。

うれしいと思った気持ち全部が、次の瞬間には切なくなる。

拒《こば》まれるとわかっている気持ちをこれ以上加速させたくない。それなのに願うのと反対方向にばかりは心は走る。彼のほうへ、彼のほうへと。

図書館の外に出ると、空は重たい灰色に曇っていた。吹きつける風も湿って水のにおいがする。「なんか雨降りそう」と理央が呟《つぶや》いたのを空が聞いていたみたいに、図書館の門を出たところでポツリと水滴が頬《ほお》に当たった。そこから数秒の間にいっきに雨脚が増して、うわ、と理央が目にかかる水滴をさけて腕を上げた。

「降ってきたね。走るよ」

返事をするひまもなく手を握られ、理央に引っぱられながら由奈は走り出した。

頬に、まぶたに、雨粒が当たる。理央は風のように速かった。由奈は息の苦しさをこらえて必死に足を動かした。もう濡れていないのはつなぎ合った手のひらだけだ。走る二人の行く手をはばむように、雨は加速度的に勢いを増していく。

「うわっ――どんどん強くなんじゃん」

どんどん強くなる。

女の子とは全然違う、やわらかくなくて力強い手。しきりにあたりを見回して雨やどりの場所を探す背中。もうやわらかそうな髪はびしょ濡れで、細いいくつもの房に分かれていく。それなのに手はしっかりと握られたままだ。

いっそひとりだけ走っていってくれればよかったのに。そうすれば、後戻りはできなくてもまだ踏みとどまっていられたのに。

雨粒ではない、体温を持ったしずくが、頬をすべり落ちていった。

どうして、私、理央くんを好きになっちゃったんだろう。

どしゃぶりになった雨から逃げて駆けこんだのは高架下だった。石の天井の上から、断続的に車が通りすぎる重い振動音が聞こえてくる。照明のない高架下は薄暗くて、地面と壁のわずかな隙間《すきま》に咲いた小さな白い花が、ときおり吹きこむ風にゆれていた。

髪や服の水滴を払った由奈は、そっと理央をうかがった。コンクリートの壁にもたれて雨が降り注ぐ外をながめる理央は、さっきからひと言もしゃべらない。一緒にいて理央がこんなに無口なのは初めてだった。光の加減でそう見えるのか、横顔がさびしげに翳《かげ》っている気がする。まるで出会ったあの日みたいに。

「……俺、雨ってすっごい嫌い」

ぽつりと理央が呟いた。え、と由奈はかすかな声を聞きとるために一歩近づいた。

「あの日……親父《おやじ》の再婚相手が米里のお母さんだって知った日も、雨だった」

その日、理央が混乱しながら耳にした雨音が、自分にも聞こえた気がした。

「……それ、いつ？」

「中三の、ちょうど今くらい」

一年が経ってもまだ『その日』にいるかのような理央の暗い横顔を見つめて、ぎゅっと締めつけられるように胸が痛んだ。

「――理央くんは、朱里ちゃんのこと、今でも好きなの……？」

口にしてしまってから、訊かなきゃよかったと後悔《こうかい》した。

雨をながめたまま理央は笑った。どうしようもなくさびしく、つらそうな笑みだった。

「わかんない。てか、考えないようにしてる」

そんな顔をさせたいわけじゃなかった。そんな苦しい言葉を吐かせるつもりはなかった。

たまらなくなっていると、由奈ちゃん、と世界で一番好きな声が名前を呼んだ。

「俺やっぱ思うんだけど、好きな気持ち、言える相手なら言ったほうがいいよ。由奈ちゃんは、ちゃんと言ったほうがいい」

「……ふられるってわかってても？」

「ふられたら、また新しく誰かを好きになったらいいよ。ふられたって死ぬわけじゃないんだし」

いつの間にか雨脚はだいぶやわらぎ、暗い灰色に沈んだ風景も幾分明るくなっていた。

ちゃんと伝えて、ちゃんとふられたら、吹っ切ることができるのだろうか。はじめから結末の見えているこの恋は。

「もしふられても、そん時は俺が全力でなぐさめるからさ」

なんの疑いもない、親しさとやさしさだけがある理央の笑顔に、由奈もほほえみ返した。大好き、と心がささやいて、少しだけ視界がにじんだ。

「あ、あがったね。行こうか」

あんなに激しかった雨はいつの間にかやんで、高架下の向こうが薄明るくなっていた。外に踏み出そうとした理央のシャツの袖《そで》を、由奈はとっさに引っぱった。

理央が目をまるくしてふり返る。もう戻れない。それでも由奈は離さなかった。

「どうしたの?」

「あ、あのね、あの……」

声が震えて、かすれる。由奈は懸命に息を吸った。――しっかり。落ち着いて。ちゃんと顔を上げて、まっすぐに彼の目を見つめる。せめて全力で伝えるために。

「私、理央くんが好きです」

ゆっくりと見開かれた理央の瞳に、最初に驚きが、次に混乱が浮かんだ。

「だから、私をふって」

「由奈ちゃん……」

「気持ち、引きずらないように。そうしたら、理央くんが苦しんでる時、話くらい聞ける友達になれるかなって――」

雨のあがった空から、雲を割って細い光が射しこみ、名残《なごり》の水滴がきらめいていた。

理央は瞳をゆらしたまま口を開かない。とまどわせている。困らせている。わかってる、ごめんなさい。

「理央くんは告白できないのに、私だけ楽になってごめん」

「……俺のほうこそ、由奈ちゃんの気持ち知らないで、朱里の話なんて……」

自己嫌悪を浮かべる理央に、由奈は首を横に振った。それは違う。気持ちを隠していたのはこちらだし、好きになったのは、朱里を今も想い続けていることも含めた理央だ。

悪いことをしただなんて思ってほしくないし、気遣いから手加減してほしくもない。

はっきりと、むなしい期待を抱く余地もないほどに、この想いを終わらせてほしい。

伏し目がちに唇を引き結んでいた理央が、意を決したように顔を上げた。まっすぐにこちらを見つめる、色の深いきれいな目。最初は小さな頃から好きだった絵本の中の王子様に似ている気がして惹《ひ》かれた。でも今はもう違う。これからは、あの絵本を開くたびに、彼に似ていると思いながら王子様を見つめてきっとほほえむ。

「告白してくれてありがとう。――でも、ごめん」

「うん……聞いてくれてありがとう」

わかっていたから、ちゃんとはじめからわかっていたから、笑ってありがとうを言えた。由奈は最初からそうしようと思っていたように、最後にひとつお願いをした。

「理央くん、先に帰ってくれる？」

「……ひとりで大丈夫？」

「うん」

それでも理央はためらっていたが、やがて頼んだとおりにしてくれた。遠ざかっていく後ろ姿を、由奈は高架下から見つめた。自分が先に帰ると言うこともできたけれど、少しでも長く彼の姿を見ていたかった。せめて今日だけは。

理央の姿が完全に見えなくなってから、由奈も雨あがりの空の下に出て歩き出した。ただ前だけを見て、水たまりが空を映している道を歩いた。

大丈夫。ふられたって死なない。

空にはまだ雲が多い。けれど灰色の雲がちぎれたところから、夕暮れに向かう太陽の光が降り注いでいた。まだ水滴を残した木々の葉にも、濡れたアスファルトにも、その強烈な光が反射して、街じゅうが金色にきらめいている。まるで光の洪水だった。まぶしくて、まぶしくて、もう何も見えない。

「あ、由奈」

マンションまでたどり着くと、朱里の声が聞こえた。うつむいていた顔を上げると、コンビニにでも行くつもりだったのだろうか、エントランスのほうから財布を持った朱里が歩いてきた。

「どうだった？　図書館で理央と——」

言葉を途中で切った朱里は、目を大きく開いて、ゆな、と小さな声で呼んだ。

その瞬間耐えられなくなって由奈は朱里に抱きついた。朱里はきっとわけがわからなかっただろう。それでも抱きしめ返してくれて、由奈は朱里にしがみつきながら声をあげて泣いた。

わかっていたのに、ちゃんとはじめからわかっていたのに、こんなにつらい。胸がずたずたで、心臓が破けそうで、誰かに抱きしめてもらわなければとても立っていられない。

思いきり泣こう、今日だけは。

今でも心にこびりついて離れない『好き』が、涙で洗い流されるように。

そして明日から、伝えられない想いに苦しむ彼を、支えられる友達になれるように。

第二章

1

五月も半ばになると、半袖《はんそで》でちょうどいい陽気が続くようになった。

翌日のリーディングの予習をしていた朱里《あかり》は、英文がかすんで見えてまぶたをこすった。英語は大好きだし得意なのだが、少し夢中になりすぎたようだ。シャーペンを置いて電子辞書の電源を切り、大きく伸びをする。何か飲み物でも持ってこようと立ち上がったところで、ベッドが目に入り、足を止めた。

あの日、ずぶ濡れになって帰ってきた由奈《ゆな》は、このベッドに座りこんで長い時間泣いていた。まぶたがまっ赤に腫《は》れるまで泣いて、ようやく落ち着いた頃、何があったのか話してくれた。理央《りお》に告白したと聞いた時は、正直、驚きを隠せなかった。そしてふられたと聞いた時は、言葉が出なかった。

由奈はこの街に越してきてからできた一番の友達で、だから理央に好意を持っていると知った時、何のためらいもなく協力しようと思った。二人きりになれるように仕向けたり、理央が図書館に出かけたことを教えたり。でも、それは無責任だったんじゃないか。気を利《き》かせたつもりで由奈の気持ちを煽《あお》り、その結果こうして傷つけてしまった。――想像もしていなかったのだ。見ているだけでいいという内気で慎《つつ》ましい由奈が、告白なんてとてつもなく勇気のいる行動に出るとは。

『朱里ちゃん、違う。つらいけど、私、後悔《こうかい》はしてないの。理央くんを好きになったことも、理央くんに告白したことも』

自己嫌悪を見透かしたように、ウサギみたいに赤い目をした由奈は言った。

『理央くんを好きになってからね、大げさに聞こえるかもしれないけど、世界が変わったの。こんなにうれしくなったり、苦しくなったり、心が動いたことってなかった。今までの私だったら告白なんて絶対できなかった。理央くんに会ったからできたの。理央くんを好きになったから、私、少しだけ変われたの。理央くんが私を新しい世界につれ出してくれた。それがね、本当《ほんとう》にうれしいの』

ほほえむ由奈の頬《ほお》にまた涙がつたって、たまらなくなって強く由奈を抱きしめた。

あの日から、ふとした瞬間、由奈が泣きながら見せた笑顔を思い出す。

そして、なぜか、次には決まって彼の顔が浮かぶのだ。

『まあ、でもたまには、ごめんね、ありがとう、助かるよ、とか言ってほしいよな』

大人びたほほえみを浮かべて、誰も気づいてくれなかった気持ちをすくい取ってくれた。

石垣《いしがき》から落ちそうになった時には、思いがけないほどの力で助けてくれた。

気がつくと、あの夜の時間を、何度も何度もなぞっている。

その日は朝から、なんとなく調子が悪かった。

いろいろと考えこんで眠りの浅い日が続いていたせいかもしれない。朝起きると身体《からだ》が妙に重くてだるかった。ただ、休むほどでもなかったから普通に家を出て、由奈と一緒に学校に行った。由奈は理央に告白してからしばらくは口数が少なかったり、逆に無理して笑っているような感じがあったけれど、最近はもう落ち着いたようだ。そして、前よりも下を向かなくなった。本人に自覚があるかはわからないけれど。

どうもおかしい、と気づいたのは、四時間目の体育が始まってすぐだ。

その日の授業は長距離走で、男子も女子もグラウンドを使ってグループごとにタイムを計った。そして本番前のウォームアップをしていた時、だんだん気分が悪くなってきた。

ぐらっと視界がゆれて、気持ち悪くて目を閉じると今度は脳みそがぐるぐる回ってるみたいな感じがする。耐えがたいほど気持ち悪くて、へたりこんでしまった。

「朱里ちゃん！」

由奈が叫んだところまでは覚えてる。そこから記憶がとんで、カズくん、という由奈の驚きのこもった声で意識がわずかに浮上した。なんだか身体が浮いているような感じで、全身に響く振動がつらくて、薄目を開けると、すぐそばに和臣《かずおみ》の顔があった。

「ゆれるの気持ち悪いかもしれないけど我慢して」

早口で言った体操着姿の和臣は、すぐに顔を正面に戻して駆ける。抱きかかえられた彼の胸が熱い。校舎をめざしているのはもうろうとする意識の中でもわかった。下ろして、とか、重いでしょ、とか、言おうとしたことは全部言葉にならなくて、また吸いこまれるように意識を失った。

「軽い熱中症ね。だめよ、ちゃんと水分とらないと。寒暖の差が大きくて、今の時期はただでさえ身体が疲れやすいものだから」

目を覚ましたのは四時間目の終わり間近だった。保健室の先生に「もう少しでお昼休みだけど、どうする？　早退する？　教室に戻る？」と訊ねられ、戻ります、と朱里は答えた。まだちょっとだるいし、軽い頭痛もあったが、早退するほどではない。由奈も心配しているに違いないし、何より、お礼を言わなければいけない相手がいる。

ありがとうございました、失礼します、と一礼して朱里は保健室を出た。早足で教室に戻ろうとしたところで、廊下《ろうか》の向こうから歩いてくる男子生徒に気づいた。

和臣のほうも、朱里に気づくと「あ」という形に口を開けた。

「えっと、具合はもういいの？」

「もうすっかり元気」

笑顔を作ったものの、内心は気恥ずかしくて緊張していた。緊張なんていつもはそんなにしないのに。朱里は笑顔がぎこちなくなってないことを祈りながら和臣を見つめた。

「さっきは、あの……」

「あんま無理しちゃだめだよ。あ、これ」

言葉をさえぎってさし出されたのは、ペットボトル入りのスポーツドリンクだった。

「ありがと……あの、乾《いぬい》くん」

「俺ちょっと用あるから、じゃ」

和臣は首の後ろをさわりながらすぐにきびすを返して、教室とは逆の方向に歩いていってしまった。なんだか、ずいぶん素っ気ない。用があるんじゃ仕方ないけど。

校舎をめざして走る和臣の、焦りのまじった真剣な横顔を今もはっきりと思い出せる。自分を抱いていた強い腕の感触も。思い出すと頬に微熱がのぼって、少し切ないような幸福なような気持ちになる。朱里はもらったペットボトルを見つめた。

これもわざわざ買って持ってきてくれたの？　用事があったのに、私の様子を見に来てくれたの？　私を心配して？

それは、特別な意味がある気持ちなの？　それとも、乾くんは親切だから、倒れたのが誰だったとしても同じことをした？　――わからない。こういうことは敏感で得意なほうだと思ってたのに、乾くんは、全然わからない。

わかるのは、ただ、今日もずっと彼のことばかり考えてしまうんだということだけで。

＊

若干《じゃっかん》退屈な四時間目の政治経済が終わって、めっちゃ腹へった、今日の弁当何だろう、とか考えながら教科書とノートを机にしまっていた時だった。

「理央、朱里ちゃんのこと聞いた？」

友達の我妻《あがつま》──思いやりがあっておっとりしてるいいやつだ──が心配そうな顔をして話しかけてきた。理央はペンケースに消しゴムをしまう手を止めた。

「朱里がなに？」

「体育の時間、熱中症で倒れたんだってさ」

我妻のとなりから口を出したのは、こっちも友達の柴《しば》──いいやつだけど直情型で若干お調子者──だった。

「同じクラスの乾ってやつが保健室運んだらしいよ。しかもお姫様だっこ！　もう見てたやつら大盛り上がりだったらしくてさ、あ、四組の友達が写真送ってきたんだけど……」

柴がズボンのポケットからスマホをとり出した時、意識するより先に口が動いた。

「見せなくていい」

柴が驚いた表情で動きを止める。確かに今のは自分でも思ってもみないほど尖った声だったから、理央は気まずく目をそらした。我妻がたしなめる調子で柴に言う。

「きょうだいのそういうとこ、見たくないだろ普通」

「あ……そっか確かに。わりー、理央」

「や、こっちも。……俺、いちおう様子見てくるわ」

普段は変に勘ぐられるような行動はとらないようにしているのだが、今はそれ以上に朱里のことが心配だった。調子が悪いなら早退したり病院に行ったりする必要があるかもしれないし、その時には付き添いが必要だ。さいわい我妻と柴は「行ってきな行ってきな」「先に弁当食ってるぞー」と気楽に手を振ってくれた。いいやつらだ。

保健室に行く途中、購買部の自動販売機でペットボトル入りのスポーツドリンクを買った。熱中症なら、こういう吸収のいい飲み物で水分を補給したほうがいい。理央はペットボトルを片手に混み合う昼休みの廊下を急いだ。

でも、一階にある保健室の二十メートルくらい手前まで来たところで、足が止まった。

保健室の前に朱里がいた。誰かと向かい合って話をしている。相手が和臣だということは遠目にもすぐわかった。

首の後ろをさわりながら朱里に何か言った和臣は、きびすを返してこっちに歩いてくる。朱里はその和臣を見つめている。こっちからは朱里が見えているのに、朱里はこっちに気がつかない。今はたったひとりしか目に入ってないから。

そのうち朱里も背中を向けて廊下の向こうに歩き出したが、理央が買ってきたのと同じスポーツドリンクを持っているのが見えた。今の今まで保健室で休んでいた朱里が、自分で買ったわけはないだろう。

こちらに向かって歩いていた和臣が、ふと足を止めて、後ろをふり返った。和臣の位置から目に入るものがあるとすれば、背中を向けて歩く朱里だけだ。数秒、和臣はその場に立ったまま一点を見つめ、またこっちに向かって歩き出した。

——そこそこ察しのいい人間に生まれたことを、今ほど後悔《こうかい》したことはない。

「あ、理央だ。おーい」

こっちに気づいた和臣が、小学生男子みたいな笑顔で大きく手を振った。反射的に笑い返したが、目が笑ってないことは自分でもわかった。

「何やってんの？　こんなとこで」

「や……なんか、朱里が迷惑かけたみたいじゃん？」

和臣の瞳が一瞬ゆれて、ああ、と心もちトーンの下がった呟《つぶや》きが返ってきた。

「ごめんな、手間かけさせて」

「や、別に全然」

「礼にこれやるわ」

「お、いいの？　やった」

「あのさ、カズ」

　スポーツドリンクをもらって喜んでいた和臣が「ん？」と目をまるくする。訊ねようとした言葉が音になる寸前、理央は口を閉じてそれをのみこんだ。――訊ねて、和臣がそれに答えて、もしそれが思ったとおりのものだったら？　俺は平静でいられるのか。今までどおりこいつと朱里の前で笑っていられるのか。

「……や、何でもねぇわ」

「え、なに。気になるな。あっ、もしかして口に海苔《のり》ついてる？」

「海苔つくような何か食ったんだな。昼前にな」

「体育で腹へったからさっきおにぎり食った。理央、用なかったら購買行かない？　新発売のたこ焼きコッペパン、めっちゃうまいって情報なんだけど」

「おー、行く行く」

　笑って和臣と歩く自分と、冷えた気分でそれをながめるもう一人の自分がいる。カズのせいじゃない。カズに当たってもしょうがない。でも嫌だ。でもゆるせない。そんなことになったらとても耐えることはできない。思考と心がどんどんバラバラになって、自分でも収拾《しゅうしゅう》がつけられない。

　神様。もしかして俺に恨みでも持ってんのか？

なんだよ、この最悪な展開。

放課後、途中で由奈と別れて駅前のドラッグストアに寄ったら、ものすごい雨が降ってきた。小降りだったら走って帰ることもできるけど、このどしゃぶりは無理だ。朱里はしばらく雨やどりすることにして、ドラッグストアの軒下《のきした》から灰色の空をながめた。

それにしても屋根に穴でも開きそうなすごい雨だ。これって温暖化の影響？　などと思っていると、同じ駅前の一角に建つレンタルショップの看板が目に入った。店名を図形化したマークが描かれている。

いつだったか、家にいたくなくて夜のコンビニで時間をつぶしていた時、和臣とばったり会ったことがあった。あの時和臣が持っていたバッグにも同じマークが入っていた。

もしかして、いるだろうか。学校帰りにまた何か新しい映画を借りようとして、ここに寄っていたりしないだろうか。

レンタルショップなら目と鼻の先だから、全力で走ればたぶんずぶ濡れになる前に屋内に入れるはずだ。よし、と気合いを入れて走り出そうとした瞬間だった。

「家はそっちじゃねーぞ」

声が響いたほうをふり向くと、傘をさした理央が立っていた。腕にはもう一本傘をかけていて、こっちに歩いてくると、無言で朱里が普段使っている傘を突き出した。

「迎えにきてくれたの？　ありが……」

　お礼を言い終わらないうちに、理央は背中を向けて歩き出した。なんか微妙に不機嫌？　嫌なことあったのかな、と義理の弟の様子をうかがいながら朱里は傘をさして歩き出した。急がなくても理央にはすぐに追いついた。理央が歩調を落としてくれたからだ。

「……今日、体育の時間に倒れたって？」

　しばらく黙って歩いていたら、不意に理央が口を開いた。理央の耳にも届いてしまったらしい。きまり悪くて、朱里はちょっと髪をさわった。

「あ、うん」

「あんまカズに迷惑かけんなよ」

　理央がそこまで知っていたことに驚いた。え、誰から聞いたの？　クラスも違う理央にわざわざそこまで教えに行った人がいるの？　待って、まさか⁉

「乾くん、何か私のこと言ってた？」

自分でも思いがけないほど切実な口調になってしまった。理央は無表情のまま答えた。

「別に」

「ほんと？　ほんとに？　やっぱ迷惑かけたかな……」

　理央が、何かを言った。だけど雨音に邪魔されて聞き取れなかった。ただでさえどしゃぶりだった雨が、今は周囲の物音も聞こえないくらい激しくなっている。傘を持つ手に、雨粒ではなくスーパーボールでも降ってきてるような振動が伝わってくる。

「なに？　聞こえない」

「だから——カズのこと——」

「聞こえない！」

声を張り上げて耳を理央に向けると、理央は唇を引き結び、いきなり自分の傘を閉じてこちらの傘の中に押し入ってきた。至近距離に近づかれて朱里はたじろいだ。

「なに……？」

「朱里ってカズのこと好きなの？」

一瞬、雨音が耳から消えた。じわりと動揺《どうよう》がこみあげて、頬《ほお》が熱くなる。

「え？　な、何言ってんの？」

「どうなの？」

鋭く問いを重ねる理央はやけに表情がない。——どうしたんだろう。様子がおかしい。よくわからないけれど、このままだとよくない方向に流れてしまう気がして、朱里は自分でも大げさだと思うほど笑った。

「ちょっとやめようよ。姉弟で恋バナとかさ、気持ち悪いし」

「なにが姉弟だよ。なりたくてなったわけじゃねえよ、バーカ」

本気で腹を立てている時の声だった。常に感情をコントロールする理央がそんなきつい声を出すことは本当にまれで、朱里はひるんだ。

激しさを増す雨音ばかりが耳について、嫌だった。雨は好きじゃない。雨の日には、つらいことばかり起きる。

「なに、その言い方。無神経すぎる」

理央の言葉はふざけて流すことはできないもので、だからこっちもまっすぐに目を合わせて言った。自分たちは家族だから、今日もこれから同じ家に帰って一緒に暮らす者同士だから、ここで話し合わないといけない。

視線ひとつでそういう意図を察するほど鋭い理央は、でも無言で顔をそむけて傘の外に出ていく。傘もなしに歩けるような天気ではないし、実際みるみる髪も服も濡れていくのに、そのままひとりで歩いていこうとする。急いで朱里もあとを追いかけた。

「ちょっと理央！　なに怒ってんの？」

何だろう。どうしたんだろう。いつもはこんな自暴自棄《じぼうじき》な態度、取ったりしないのに。

「――理央ってば！」

必死で声を張り上げると、やっと理央は足を止めた。何かに深く傷ついたさびしい目に見つめられて、罪悪感めいたかなしみが胸によぎった。

「何か言っちゃったんならごめん」

理央は無言で長い睫毛《まつげ》を伏せた。のろのろと戻ってくると、腰を屈めながらまた朱里の傘に入ってきた。

「別に怒ってないよ」

「……ほんと？」

でも理央に何かがあったのは確かだ。どうしたの、と訊ねようとした瞬間、理央に肩を引き寄せられた。

「車来たから」

理央の喉《のど》もとに顔をうずめたまま、背後で車が通りすぎる音を聞いた。反射的に跳ねた鼓動を、息をつめて無理やり黙らせた。動揺なんてする必要ない。理央は弟なんだから。とても近くて、男とか女とかそういうのも関係ない、家族なのだから。

「ありが――」

身体《からだ》を離しながらお礼を言おうとすると、続きの言葉をさえぎって、唇をやわらかくて温かいものがふさいだ。雨音が、耳から消えた。ゆるんだ手から傘の柄がすべり落ちて、激しい雨が弾丸みたいに降り注いだ。唇がゆっくりと離れる時、信じられないほど近くに理央の瞳が見えた。こわいほどの熱をひめた瞳。

ガシャン、と心臓が潰れるような音が響いた。

二人ではじかれたようにふり向くと、数メートル先にある自動販売機のわきに、黒い自転車が倒れていた。たぶん誰かが停めたまま放置されていたものが、風雨のせいで倒れたのだろう。

「……焦《あせ》っ……」

「ノリでこういうことしないでよ！」

震えそうになる声をありったけ張り上げて怒鳴りつけた。濡れた髪が細い房になって額にはりついた理央が、きつく眉《まゆ》をひそめた。

「は？　ノリってなん……」

「いくらノリでも、していいことと悪いことがあんの。今のはなかったことにしてあげるから」

心臓が痛いくらい速く打っている。自分がおびえているのか、かなしんでいるのか、よくわからない。でも今はそんなものを表に出しちゃいけない。ノリということにしなければ、さして深い意味はない悪ふざけにしなければ、理央も自分もだめになる。

「こんなので私たちのしてきた努力、無駄にすんな」

ありったけの力で理央をにらみつけ、朱里は傘を拾い上げた。途方にくれたような理央の顔。それでも目も合わせずに走り出した。水しぶきを散らして雨の中を走りながら、どうしよう、と思った。どうしよう、どうしよう。でも答えてくれる人はいない。

——雨は嫌いだ。

つらいことは、いつも、雨の日に起きる。

2

ここのところ、朱里の様子が少しおかしい気がする。

どこが、とはっきりとは言えないのだ。朝に会えば「おはよう」と笑ってくれるし、おしゃべりもするし、妙に明るいと感じることもあるほどだ。でも授業中にそっと朱里をうかがうと、思いつめたような横顔で窓の外をながめていたりする。昼休みに一緒にお弁当を食べている時、ふと口をつぐんでどこを見ているのかわからない遠い目をしたりする。

「朱里ちゃん、何かあった？」と訊ねてみても「え、なんで？　何もないよ」と朱里は笑うのだけれど、その笑顔に、どこか痛々しいものを感じる。

そして、一番おかしいのが放課後だ。

「ごめん、今日もバイトあるから先帰る」

「あ、うん……」

朱里がゴールデンウィーク中に駅前のベーカリーショップでアルバイトを始めたという話は由奈も聞いていた。けれど、今まではバイトのある日でも朱里はいったん由奈と一緒にマンションに帰って、それからバイト先に出かけていたのだ。それが、ここ数日、毎日「バイトだから」と言って放課後になるなりさっさと帰っていく。まるで、何かから逃げているみたいに。

「朱里」

今日も先に帰ろうとする朱里にとまどいながら手を振っていると、声が響いた。

教室の後ろ側のドアに理央が立っていた。告白してふられてしまった人の突然の登場に由奈は動揺したが、次にもっと驚いた。

呼ばれた朱里が、返事もせず、それどころか理央には目も向けることさえせず、早足で教室を出ていったのだ。「ねえちょっと」と理央が声を強めても一瞥《いちべつ》すらしない。喧嘩《けんか》でもしたのだろうか。心配になって理央を見ていると、理央もこちらに気づいて、後ろめたさと申し訳なさを足して二で割ったような表情を浮かべた。だめだ、こんな顔をさせちゃ。由奈はなけなしの勇気をふり絞《しぼ》って手を上げた。

「理央くん、元気!?」

理央が目をまんまるくする。うん、今のは自分でもすべった気がしました……！

泣きそうな気持ちを必死にふるい立たせて由奈は理央に訊ねた。

「あの……朱里ちゃんと何かあった？」

「……ん、ちょっと……」

以前までの自分だったら、こうして言葉をにごされたら、きっと自分なんかには話したくないんだとか、おまえごときに何の関係があるんだと思われてるんだとか、そんなふうに考えてすぐに引っこんでいた。それ以上傷つかないために。

でも今は、理央もためらっているのかもしれない、と思う。誰かに話したい気持ちはあるけど、告白されて断ったことを負い目に感じているのかもしれない、とも思える。たとえそれが自分の勘違いだっていいのだ。そうだとしても自分がほんのちょっと恥ずかしい思いをして傷つくだけだ。傷はいつか治る。現に、告白して、断られて、あんなにつらくて泣いたのに、今の自分はこうして彼の前にちゃんと立っている。

「もし理央くんがそうしたかったらだけど、話したいことがあったら聞くよ。聞くくらいしかできないかもしれないけど、私たち友達なんだから、遠慮《えんりょ》はしなくていいよ」

理央が驚いたように瞳をゆらした。まだ少し引きつってしまうけれど、由奈は懸命に自分にできる一番やわらかい笑顔を浮かべた。理央が少しでも安心できるように。

理央が、笑い返そうとしたけど失敗したような表情で、目を伏せた。

「……聞いてもらっていい？　ほかに話せる人、いない」

理央と一緒に高校を出て、マンションの近所にあるバーガーショップに入った。とっくにふられているのに、やっぱりどうしても二人で一緒にいることにドキドキしてしまっていた由奈は、でも、話を聞いて頭がまっ白になった。

「……ごめん、なんて？」

「キスした。朱里に」

聞きまちがえじゃなかった。まっ白な頭の中がさらにぐるぐるし始める。キスって、でも、理央の気持ちはどうであれ今の朱里と彼は姉弟で、だからそんなことをするのは――

「まあ、引くよね。俺も自分のしたことに引いてるもん」

ため息をつきながら、理央は座席のソファにもたれた。そんなことは、と言おうしたけれどできなくて、由奈はぎゅっと制服のスカートを握りしめた。

「……それで朱里ちゃん、理央くんのこと避けて……？」

「……口も一切きいてもらえないし、目も合わせせない。――ノリでこんなことすんなって言われちゃった。こんなことで今までしてきた努力を無駄にすんな、って」

努力……？

「やっぱ、告白はさせてもらえないんだな」

理央の呟《つぶや》きの意味が由奈にはわからなかった。でもそれは当たり前だ。それはまだ自分が理央や朱里と知り合う前の、二人だけの物語だからだ。

「――本当は、あの日、告白するつもりだった」

そうして理央は、一年前の出来事を話してくれた。

中学三年の、ちょうど今くらいの初夏の頃。その日、理央は当時住んでいた街の公園にいた。急に降ってきた雨を小さなあずまやでさけながら、朱里を待っていた。

「朱里は中二の時に転校してきて、同じクラスになったんだ。あいつ、中二にしてすでに『転校のプロです』みたいなオーラ出しててさ、愛想よくてさっさと仲のいい子作って、その日のうちにクラスになじんでた。最初はやたらコミュ力高い女だなって思って見てたんだけど、実はけっこういっぱいいっぱいなのがわかってきたっていうか——なんつうの、空気読んでつい物分かりよくふるまっちゃうんだけど、それに疲れてる感じ？　俺も早いうちから親父《おやじ》と二人きりで暮らしてきたからそういうとこあって、なんか似てるなって思って……気づいたらもう好きだった。なんかもうずっと好きで、でも中三になったらクラスが離れて、朱里もそこそこモテたから、このままだとあいつは誰かと付き合ったりするかもって焦って、やっと決心ついて、朱里に『会ってくれ』って連絡した」

『三時に公園に来て、話ある』。午後二時あたりに送ったメッセージには十分が経っても、三十分が経っても、ついには約束の時間がすぎても、返事はなかった。メッセージに気づいてないのか、それとも無視されたのか、返事がないことが答えなのか。落ち着かない気分でいると、いきなりスマホが振動を始めた。

　液晶画面には着信の知らせが出ていた。電話をかけてきた相手は『父』。

　もしもし、と理央は訝《いぶか》りながら電話に出た。この日父は付き合っている女性——結婚を考えているということはそれとなく知らされていた——と出かけてくると話していたので、デートの真っ最中に何の用だよと思ったそうだ。

けれど耳に届いたのは、まったく予想外の声だった。

『もしもし、理央？』

明るく透きとおった声。とっさに言葉が出なかった。

「電話の声がなぜだか朱里でさ。なんか、もう、わけわかんなくて」

え、なん、え？　とまともに返事もできない理央の反応に、朱里は鈴が鳴るような笑い声をたてた。そして言ったという。

『駅前のファミレス、わかるよね？　すぐそこに来て。急いでね』

それだけ告げると電話は切られてしまった。理央は困惑したまま指定されたファミレスへ向かった。そしてさらにわけがわからなくなった。

『理央、こっちー』

手を振る朱里が座るボックス席には、朱里と目もとがよく似た中年の女性が一緒に座っていた。その向かいには、自分の父親が面映《おもは》ゆそうな様子で座っていた。

「親父の再婚相手が、朱里のお母さんだって、その時知った」

あまりのことに頭が追いつかず、父のとなりで黙りこむ理央に、朱里は笑顔でいたずらの種明かしをした。

「朱里もその日、偶然うちの親父とお母さんが一緒にいるところに出くわしたらしいんだ。

で、びっくりしてスマホ、水たまりに落としたらしくて。バカだよな。どんだけあわててんだっての」

つまり朱里は、理央が意を決して送ったメッセージに気づく前にスマホを壊してしまっていた。それを理解した理央は、朱里と、その母親と、自分の父親の楽しげな話し声を聞きながら、テーブルのかげで朱里に送ったメッセージを消去した。

そうする以外に、何ができただろう。

これから自分たちの親は夫婦となり、二人は姉弟となるのだから。

*

ひとりで暗くなった空を見上げながらブランコなんてこいでいると、やけに感傷的な気分になる。

朱里はため息をついて、地面に足をついてブランコを止めた。人の姿も消えた夜の公園は、ものがなしくて、少し怖い。

スマホをとり出して時間を確認すると、夜九時をすぎたところ。――そろそろ帰ってもいいだろうか。家に着いたら、部屋に直行して、理央とは顔を合わせないようにすれば。

ありもしないバイトを理由に毎日家に遅く帰る、こんなことをいつまでもしてはいられないとわかっている。母も「ねえ本当にバイトなの？」と疑い始めている。もしバイト先に電話なんて入れられたらアウトだ。でも、ほかにどうすればいいのかもわからない。

目を閉じると雨の日の映像がよみがえる。理央の唇の感触も。

あれから理央の顔も、両親の顔も、由奈の顔も、和臣の顔も、誰の顔もまともに見られない。やましくて苦しくて、どこにも居場所がないような気持ちになる。

誰だって傷つきたいわけじゃない。

なるべく笑って過ごしたい。

みんながしあわせになればいいと思いながら、いつだってそのための選択をしてきた。そのはずだ。それなのに、よかれと思って積み重ねてきた選択が行きついた今の場所は、まるで出口のない迷路だ。

うつむきながら心細さと孤独に必死に耐えていると、スマホが小さく震えた。

液晶画面にＬＩＮＥの通知が出ている。メッセージの差出人は『市原《いちはら》由奈』。

『理央くんから話聞いた』

心臓が乾いた音を立てた。――聞いた？　いったい何を、どこまで？

ブブッ、とまたスマホが短く振動し、次のメッセージが届く。

『バイト終わったら会える？　朱里ちゃんと話がしたいです』

さびしい夜の闇の中で由奈のやさしい顔を思い浮かべると、鼻の奥がツンとした。もう長いこと由奈の顔をちゃんと見ていない。ちゃんと正直な気持ちで話せていない。本当は、ひとりで抱え続けるには重すぎて、誰かに助けてもらいたいのに。

朱里はそっと画面に指先をすべらせて、親友に短い返事を送った。

3

朱里と理央は、一度ちゃんと話し合う必要がある。朱里は「普通にしてればそのうち元どおりになると思うから」と言ったが、そうだろうか。今の朱里は「普通」の態度すら取れないほどまいっているように見える。次の日に理央と鉢合《はちあ》わせした時にもやっぱり逃げるように避けていたし、そんな朱里はひどく苦しそうで、見ている由奈までつらかった。

朱里は、今まで積み重ねてきた無理に、打ちのめされているように見える。

どうしたらいいんだろう。私には何ができるんだろう。

考えてもうまい案が浮かばなくて、こんな時にもドンくさい自分が情けなかった。

そして、もたもたしていたせいで、最悪のことが起きた。

「朱里」

放課後、由奈が朱里と一緒に下校しようとしていると昇降口で理央が待ち伏せしていた。

朱里は目に見えて表情をこわばらせ、理央の脇をすり抜けようとした。けれど理央はそれをゆるさず、朱里の行く手をふさいだ。

「話くらいさせろよ」

「……家に帰ってからにしてくれる？」

「家に帰ってからのほうが話せないだろ、こんなこと」

「理央くん、待って、落ち着いて……！」

理央が我慢の限界に達していることは荒々しい口調と表情からわかった。理央の不穏な雰囲気《ふんいき》に朱里は余計に態度を硬化させる。これじゃ悪循環だ。由奈はなんとか二人の間に割って入ったが、理央は由奈に目もくれなかった。

「そもそもおまえ最近ずっとバイトとか言って帰り遅いし、家でも口きかねぇし、だったら学校で捕まえるしかねえじゃん」

「――とにかく、今は無理だから！」

朱里の追いつめられた声は、放課後のにぎやかな昇降口でもかなり響いた。なんだ？というようにふり向く生徒も何人もいたし、それだけではなく好奇心を浮かべながらひそひそと何かをささやく生徒たちもいる。なお悪いことに、ちょうど通りかかった二人の男子生徒が興味をそそられたように横槍を入れてきた。

「え、なに、姉弟ゲンカ？」

「てか痴話《ちわ》ゲンカだったりして」

名前はわからないが、顔は見覚えのある同級生たちだ。冷やかすような半笑いを向けられた朱里が、辱《はずかし》めを受けたみたいに身体《からだ》をこわばらせる。理央は「あ？」と視線を尖らせて二人をにらんだ。たぶんそれが彼らの気に障《さわ》った。男子生徒の片方が理央に対抗するみたいに声を大きくした。

「あのさ、二人って本当の姉弟じゃないってマジ？」

「うっそ、そうなの？」

彼らの声がますます周囲の人間の注意を引くのを感じて、何とかしなきゃ、と由奈は焦った。でも焦るばかりで声が出ない、身体も動かない。理央が目を凶暴に光らせて男子生徒のほうに踏み出す。暴力の気配を感じて、だめ、と声にならない声で由奈が叫んだ時、割りこんできた人影が理央の肩をつかんだ。

「小学生みたいなこと言ってんなよ」

理央を後ろに押しやった和臣は、男子生徒の肩をつかんで低い声を出した。小さい頃から温厚で怒ることもめったにない和臣のそんな鋭い目つきを、由奈は初めて見た。理央も、朱里も、ひどく驚いていた。

「これ以上山本さんと理央に突っかかるようなことしたら、殴《なぐ》る」

和臣の思わぬ迫力に男子生徒たちもひるんだようだ。気まずそうに顔をしかめ、そそくさと靴《くつ》を履《は》き替えて帰っていく。けれど一部始終を見ていた周囲の生徒たちの大半はまだ見世物《みせもの》みたいにこっちを見ていた。ひそひそ声も聞こえる。それに耐えられなくなったみたいに、朱里が身をひるがえした。

「朱里！　待てって！　俺は朱里が――」

理央が大勢が聞き耳を立てているこんな場所で致命的なことを口にしようとしていると悟って、由奈は力いっぱい理央の制服の袖《そで》をつかんだ。

「だめ！」

「由奈ちゃん⁉　なに――」

抗議も聞かず由奈は理央を引っぱって廊下《ろうか》を駆けた。放課後の校内は至るところに生徒がいる。人がいないところを探して走り続けて、そのうち渡り廊下のすのこを渡って外に出た。ひと気のない校舎裏まで来て、由奈は手を放した。

「あんなのはよくない！　勢いまかせに言おうとするなんて」

校舎の壁にもたれた理央は、顔をゆがめてやわらかい髪をくしゃっとつかんだ。

「……もうこんなどん詰まり感、しんどい。なんで俺だけ家の中の空気考えて我慢しなきゃなんないんだよ」

――俺だけ、って。

「違うっ！」

理央が頰《ほお》を引っぱたかれたように目を見開く。くやしくて、かなしくて、そして泣きたいほどもどかしくて、由奈は理央を見つめて声を張り上げた。

「そうじゃないの！　言葉にしちゃったら終わりなの！」

「え……？」

「理央くんは自分のことしか考えてない！　朱里ちゃんは朱里ちゃんなりに、理央くんを守ろうとしてがんばってるんだよ！」

理央がとまどいに瞳をゆらす。ごめん、と由奈は胸の中で謝った。ごめん、朱里ちゃん。

『理央には黙ってて。お願い』

そう言われたけど、無理だよ。

知らないほうがいいこともあるって言う人がいる。そういうことも確かに世の中にはあるのかもしれない。でも、これは違う。知らないことが理央くんを追いつめて、知らない理央くんの気持ちに朱里ちゃんも追いつめられてる。

「朱里ちゃん、昨日、話してくれたの」

理央は困惑を浮かべたまま、続きの言葉を待つ。

朱里が由奈の家を訪れたのは、昨日の夜九時すぎだった。

「夜遅いのにごめん」

由奈の部屋に入った朱里は、まずそう言った。一番の友達なのにそんな水くさいことを言われるのがさみしくて由奈は首を横に振った。ベッドの前に膝を抱えて座った朱里は、あまり顔色もよくなくて、とても疲れているように見えた。

「……理央から聞いたって、何をどこまで？」

由奈はためらったが、正直に話した。理央が朱里にキスしたこと。理央は中二の時からずっと朱里が好きで、でもその気持ちを伝える寸前に朱里と家族になってしまったこと。今でもその気持ちは消えていなくて苦しんでいること。それを全部聞いたこと。

朱里は「そこまで……」と愕然《がくぜん》としたように呟《つぶや》いて、おびえた表情を浮かべた。

「……由奈、私のこと、嫌いになってないの？」

「え……？　どうして？」

「だって、由奈は理央のこと――」

それは確かに理央のことは好きだったが、というか友達になろうと決めた今でも大好きであることは否定できないのであるが、理央への気持ちと朱里への気持ちは別のものだ。今でも朱里は友達で、大好きだ。

「確かに、ショックはショックだったけど……でも、理央くんが誰を好きか、私とっくに知ってたよ。理央くんに会ったその日からもう知ってた。それでも理央くんを好きでいたいって決めたのは私だから、そのことはいいの。それより……」

それより今は理央と朱里の関係だ。とくに理央は、伝えることすらゆるされない想いを持て余して、すごくつらそうに見える。そして朱里も苦しんでいるように見える。

「それで解決するかはわからないけど……まず、理央くんと話をしてみたら？　このまま逃げるみたいにしてても、理央くんも、朱里ちゃんも、どっちもつらいよ」

「それはできない」

声を絞《しぼ》り出した朱里が、ぎゅっと手を握りしめた。

「だって、理央の気持ち、それ言葉にされたら、もう元に戻れない——そうならないように、あの時……」

あの時、とかすれた声でささやいた朱里は、疲れ果てたように膝に顔を伏せた。理央との一件からずっと朱里がひとりで悩んで苦しんでいたことをその姿から感じて、由奈はそっと肩をさすった。

そして朱里は話しはじめた。一年前の、雨の日の出来事を。

中学三年の理央が、公園の小さなあずまやで朱里を待っていた頃、朱里は自宅で勉強をしていた。英語のリスニング教材を聴いていたので、スマホに入ったメッセージに気づいたのはかなり時間が経ってからだったそうだ。

『三時に公園に来て、話ある』

理央からのメッセージを見た朱里はひどく焦った。すでに二時四十五分をすぎている。

今すぐに向かわないと間に合わない。

「あの日……たぶん、告白されるんだろうって思った。理央とは二年生の時に同じクラスで、けっこう気が合ってよくしゃべってたし。だけど……」

傘を差して外にとび出したとたん、声をかけられた。

『朱里！　ちょうどよかった』

そこにいたのは母だった。いつもよりきれいに身なりを整えた母のとなりには、知らない中年の男性がいて、母に傘をさしかけていた。知的な、とても端整な顔立ちの男性だ。そしてどこか、その男性の顔に見覚えがあるような気がした。とまどっていると、男性がぎこちないながらもほほえみかけた。

『初めまして。山本《やまもと》です』

『前に話したでしょ、お付き合いしてる……』

はにかんだ母の笑顔を見て、続きの言葉を察した。あわててきちんとおじぎした。

『朱里です。いつも母がお世話になってます』

『はは。同い年なのに、うちのとは全然違うな』

目尻にやさしいしわを寄せて笑う男性の言葉を、となりに立つ母が補足した。

『息子さん、朱里と同じ中学に通ってるんですって。学年も同じで』

『山本理央っていうんだ。知ってるかな？』

ああ、と呟いた声の素っ気なさから、二人は普通の友達程度の間柄だと思ったようだ。実際は、衝撃を受けすぎてうまく声が出なかったのだが。

『これからどこかでお茶して、夕方になったらレストランに行く予定なの。せっかくだから朱里も一緒にいらっしゃいよ。理央くんも誘うから』

母の笑顔には、お願い、というニュアンスがこもっていて、頷《うなず》かないわけにはいかなかった。先に立って歩く母と、理央の父親のあとに続きながら、朱里は道の端にできた大きな水たまりにスマホを落とした。

水浸しになったスマホは壊れ、画面には蜘蛛《くも》の巣みたいなひびが走った。

『ドジねぇ』と母にあきれられながら、理央の父親の携帯電話を借りて、理央にかけた。うまく言葉も出ないくらい驚く理央に、駅前のファミレスに来てと言った。

理央がやって来るまでの間、人見知りしない明るい娘として、母と、未来の父と話をした。そしてファミレスの自動ドアが開く。何が起きているかわからないという顔で店内を見回す理央に、理央、と呼びかけながら手を振った。みるみる大きくなる理央の目。

意味がわからないというように立ちつくす理央に、笑顔で告げた。

『私たち、姉弟になるんだって』

「それが一番誰も傷つかない方法だった。今でも私はそう信じてる」

言い切った朱里は、ゆるぎない表情をしていた。

一番誰も傷つかない。そうかもしれない。

もしその時、朱里が両親と共に行かず、理央の告白を受けていたら。母親と父親は自分たちの再婚に迷い、もしかすると取りやめる可能性すらあったかもしれない。

もしその時、理央にすべてを明かしていたら。理央は自分の恋と親たちの再婚を天秤《てんびん》にかけて、ひどく苦しんだのではないか。

朱里が理央からの連絡そのものに気づかなかったことにすることで、四人はもっとも自然な形で『家族』となった。一番誰も傷つかない方法――秘密をひとりで抱えて隠し続ける朱里以外は。由奈は無性にかなしくなって、問いかけずにいられなかった。

「……もし、その時、理央くんのところに行ってたら。朱里ちゃん、理央くんになんて答えたの――？」

朱里は膝を抱えたまま、口もとに今にも消えそうな笑みを浮かべた。それは、まだ朱里のことが好きなのかと訊ねた時、理央が見せたつらそうな笑顔によく似ていた。

「知らない。『もし』なんてないから。理央は私の弟で、家族だよ」

私ね、と朱里はささやくように言った。

「お母さんとずっと二人きりで、お母さんがいろんな男の人と付き合って結局うまくいかなくなるの見てる時、お兄ちゃんでもお姉ちゃんでも、弟でも妹でもいいから、誰か一緒にいてくれるきょうだいがいればいいのにってずっと思ってた。だから弟ができてうれしいし、新しいお父さんのことも好き。絶対に壊したくないの、今の家族を」

そして朱里は絞り出した声で頼んだ。今話したこと、理央には黙ってて。お願い、と。

「言葉にしたらもう取り消せない。やなんだよ。家族が終わるのは、もう嫌なの——」

*

自分は、そこそこ察しのいい人間だと思っていた。

そこそこ頭もよくて、要領もよくて、問題のない家庭で平和に生きてきた同い年のやつらよりは少し世間を知ってるし、いろんなことをわかってるような気でいた。

バカじゃないのか。

ひとりだけ我慢してる気になって、ひとりだけ苦しんでる気になって、そのじつ物分かりのいい自分に酔ってただけだ。自分の痛みにばかりかまけて、世界で一番大切な人の苦しみに気づいてなかった。ずっと自分が守られていたことにも。

「——」

かすかな話し声を聞き取って、理央は目を開けた。ベッドに起き上がり、一度呼吸を整えてから、部屋のドアを開ける。

「……もう少し何とかしてもらえないの？　高校生の女の子を毎日こんな時間まで働かせるっておかしいでしょ」

「今はちょっと忙しいだけ。もう終わるから。大丈夫だから」

リビングに行くと、キッチンのカウンターの向こうで、朱里が母に小言《こごと》をもらいながら弁当箱をシンクに戻していた。少しうっとうしそうな表情を浮かべる色白の横顔を見て、やせた、と思った。もしかしてこいつ、最近ちゃんと飯食ってなかったんじゃないか。

「朱里」

キッチンから出てきた朱里は、理央を見ると立ちすくんだ。

「こないだのこと、本当ごめん」

「え？　あー、うん……」

朱里は横目でキッチンにいる母をうかがいながら、深刻にならないよう気をつけたトーンで返事をする。――そうなんだ。こいつはいつも、こうやって家族に気を遣って、家の中の空気を読んで、その中で自分がどうふるまえばみんなが平和に暮らせるか、考えてたんだ。俺が自分ばっかり見て気づかないでいた間ずっと。

朱里、もういいよ。

もう、ひとりで、そんな必死にがんばんなくていい。

「朱里の言うとおり、いくらノリでもしていいことと悪いことがあるよね。何もわかってない自分勝手な弟でごめん」

大人の都合にふり回されて、何度も変わる環境に少しでも早く適応しなければいけなかった自分たちは、人の言葉や態度の裏を読もうとする性分が似ている。だから朱里には、明るくおどけてこう言うだけで伝わるのだ。

そして朱里は、瞳をゆらし、何もかも悟ってこちらを食い入るように見つめたあと、ほんの一瞬だけ唇を引き結び、大げさなくらい眉《まゆ》を吊り上げた。

「次やったら本気で殴《なぐ》るからね！」

「はーい」

「……ちょっと、何の話？」

殴るなんて言葉が聞こえて心配になったのか、母が眉をよせながらカウンター越しに声をかけてきた。理央は最大限の笑顔を母に向けた。

「大丈夫。ただの姉弟ゲンカ」

「そうそう、今ちゃんと謝ってもらって、ゆるしたとこ」

朱里も息をぴったり合わせて笑う。やけに機嫌のいい姉弟をながめて、母もつられたように頬《ほお》をゆるめた。

「ならいいけど。仲良くしなさいね」

「だってさ、お姉ちゃん」

「あはは。じゃあ、部屋戻るわ」

声をあげて笑いながらすれ違った朱里の目に、今にもあふれ出しそうに涙がたまっているのが見えた。一瞬、朱里の腕をつかんで抱きしめたいと胸が焦げつくほどの衝動に襲われて、だけどそれはこぶしの中で握りつぶした。

「理央くん、先にお風呂入ったら？　朱里まだ時間かかるだろうし」

「あー、そうしよっかな」

軽く返事をして自分の部屋に戻る。何でもないように見える足どり、何でもないように見える速度を保ってやっと部屋に着き、ドアを閉めたとたん、力を使い果たしてドアにもたれた。暗い部屋の中でまぶたを閉じて、きっと今、同じようにうずくまって声を殺しながら泣いている朱里を想う。

朱里、今までひとりでがんばらせてごめん。

それから、やさしい嘘をありがとう。

今まで朱里がそうしてくれていたように、これからは俺が朱里を守る。もうひとりで悩まなくていい。みんなのために自分だけが我慢しようとしなくていい。もう絶対にひとりぼっちにはさせない。これから何が起きても、ずっと朱里のそばにいる。

俺は朱里の、たったひとりの弟だから。

＊

翌日の放課後、通学バッグを肩にかけた理央は一年四組に向かった。きちんと報告しなければ、仁義にもとると思ったので。

けれど教室をのぞくと、目当ての人物はいなかった。リュックに勉強道具を入れていた和臣が「あれ？」と理央に気づき、席を立ってやって来た。

「山本さんなら委員会行ったよ」

「いや朱里じゃなくて、由奈ちゃんは？」

「由奈？　なんで由奈？」

和臣は意表をつかれた顔をしつつも「由奈も委員会で図書室」と教えてくれた。礼を言って理央は歩き出そうとしたが、そうだと思いついてふり向いた。

「カズ、今日何かある？　また映画観に行っていい？」

「おー、じゃ俺のイチ推し準備しとく」

「んじゃ俺うまい棒買ってく」

さわがしい放課後の廊下《ろうか》をのんびりと歩く。図書室がある二階に向かいながら窓を見ると、青空に生クリームを山盛りに絞《しぼ》ったみたいな大きな白い入道雲が浮かんでいた。じきに本格的な夏が訪れるだろう。記憶のなかの雨の季節を追い越して。

図書室に入ると、独特の紙のにおいがふっと鼻をかすめた。理央は勉強したり本を読んだりしている生徒の邪魔にならないように足音をひそめて通路を歩いた。そのうち本棚《ほんだな》が並んだ奥のスペースで由奈を発見した。返却されたものだろう、何冊かの本を抱えて棚に戻す作業をしている。由奈が必死で背伸びをしながら頭よりも高い段に単行本を差そうとしているのを見て、理央は大股《おおまた》で近づき、由奈の手から抜き取った本を隙間《すきま》に戻した。由奈が目をまんまるくしてふり返った。

「理央くん」

うん、と応えたあと、どう切り出そうか考えた。でもうまい導入が思いつかなかったから、シンプルに報告することにした。

「朱里のことだけど、ちゃんと整理ついたから」

昨日、涙目になりながらすべてを話してくれた由奈は、目を大きくした。

「好きって気持ちがこじれて、いつの間にかただの執着にすりかわって――でもそういうの、やっと手放せた感じ」

今朝、朱里と顔を合わせた時は、どっちも寝ぼけた声でおはようと言い合った。向かい合って朝食をとって、それぞれの友達と学校に向かった。いつもとてつもない努力の末に行っていたそういうことが、今日はいくらか楽にできた。これから家に帰って、朱里とまた顔を合わせても、たぶんもう大丈夫だ。ちゃんと家族として接することができる。

けれど由奈は気遣うようなまなざしで見つめてきた。

「無理してない……？　私の前では、無理しなくて大丈夫なんだよ？」

そんな心配をされるとは思っていなくて、理央は口もとをほころばせた。

「無理してないよ」

もう完全に痛みがないとは、確かにまだ言えない。でも長い間ずっと胸につかえていた黒い塊《かたまり》が、今朝目覚めると消えていた。凝《こ》り固まった雪が春の陽射しに溶けるみたいに。

それが溶けるきっかけをくれたのは、彼女だ。

「ぜんぶ由奈ちゃんのおかげ。叱《しか》ってくれてありがとう」

掛け値なしの感謝と一緒に、やすらいだ笑みが自然と浮かんだ。

するといったいどうしたのか、由奈はポロポロと涙をこぼし始めた。

「よかったー」

「ちょ、なんで由奈ちゃんが泣くの？」

「理央くん、もうつらくないんだね？　大丈夫なんだね――？」

涙をこぼす彼女を見ていると、胸がうずいて、理央はなだめる言葉を探した。でもその前に、由奈は涙をぬぐうと、顔を上げてこちらを見つめた。驚くほどまっすぐに。

そして、白い花が咲くような可憐《かれん》な笑顔になった。

「理央くんがもうつらくないならよかった。本当によかった」

いったい何が起きたのかわからなかった。身動きもできず由奈の笑顔に見入った瞬間、魔法にでもかかったみたいに目に映る風景がいっきにまぶしく色あざやかになった。

いつの間に、君は俺を追い越していったんだろう。

出会った時の君は、いつも何かにおびえてるみたいにうつむいてた。だけど今の君は、まっすぐに顔を上げて、まっすぐに俺を見て、誰かのために必死に動いて涙を流す。そう、そんな不器用だけど一生懸命な君が、いつの間にか俺を変えたんだ。

ありがとう。

出口の見えない、苦しかったあの場所から、君が俺をつれ出してくれた。

第三章

1

　七月中旬《ちゆうじゆん》に入ると期末考査が始まった。高校に入って初めてのテストとあってなかなか緊張したが、由奈《ゆな》と一緒に勉強をがんばった甲斐《かい》あって、朱里《あかり》はまずまずの成績をとることができた。とくに英語はクラスで一番の点数がとれてすごくうれしかった。大仕事の期末考査が終わってしまえば、あとは終業式と夏休みを待つばかりだ。

　放課後、グループ学習が終わって教室に向かっていた朱里は、グラウンドで男子生徒が数人、何かの作業をしていることに気づいた。窓に顔をよせて目を凝《こ》らすと、一人が三脚付きのカメラをのぞき込み、あとの二人に手ぶりで何か指示を出している。カメラをのぞいているのが和臣《かずおみ》だと気づいて、朱里は方向転換して昇降口に向かった。

「何してるの？」

　朱里が着いた頃には、和臣はグラウンド脇に移動して機材の片づけをしていた。ほかの男子生徒は、グラウンドで練習しているサッカー部員の生徒数人と何か交渉するみたいに話しこんでいる。

「映研で、ショートフィルム撮ってるんだ。教室の風景とか部活の様子とか、そういうの適当につないで、文化祭でちょっと流せたらなって」

「へー、すごい！」

「別にすごいってほどのもんじゃないよ。ただの趣味」

作業しながらこちらも見ずに言った和臣の口調は素っ気なかった。もちろん片付けで忙しいのもあるだろうけど、それにしても――妙によそよそしい気がする。本当のことを言うと二カ月くらい前から和臣の態度の変化を感じていた。

もしかして、私、乾《いぬい》くんに嫌われてる？　そう考えると予想以上にショックを受けて、朱里はグラウンドに続く石段に座り込んだ。え、だとしたらなんで？　やっぱり五月に倒れて保健室に運んでもらったことが原因？　もしかして私、そんなに重かった？　冷や汗がにじむ気持ちで考えこんでいると「山本《やまもと》さんは」と和臣がぽつりと言った。

「……山本さんは、今日もスピーチコンテストの練習？」

え、と顔を上げると、和臣は機材に目を落としたまま校舎のほうに人さし指を向けた。

「撮影中、練習してるの窓から見えるから。声もちょっと聞こえるし」

和臣の言うとおり、最近は週に二回、グループ学習室を使って英語のスピーチコンテストの練習をしていた。コンテストといっても校内で開催されるものだが、この高校は英語教育にかなり力を入れており、校内コンテストも本格的だ。まずは学年ごとに希望者を募《つの》って学年別大会が行われ、そこから上位者がさらに全校大会に進む。朱里もじつはひそかにグループ学習のメンバーと一緒に先生のアドバイスを受けて特訓をしていた。

「山本さん、発音きれいだよね」

和臣は背中を向けたままだったけれど、花束をもらったような気持ちだった。

「……ありがと。すごくうれしい。英語、けっこう好きで、将来はそういう関係の仕事ができたらいいなって思ってるから」

「どうして英語が好きなの？」

「やっぱり世界のどこに行っても一番通じるっていうのがいいなって思うし……違う世界にいる気分になれるからだと思う」

中学で英語の授業が始まってから、好きになるまでに時間はかからなかった。ちょうどあの時期はまた母が離婚するしないで揉《も》めていて、家にいるのが本当につらかった。でも音楽みたいな外国の言葉を聴いたり、自分でも話したりしていると、苦しいばかりの現実から少しだけ離れることができるような気がした。それが心地よかったのだ。

三脚を解体して畳《たた》んだ和臣が、こちらをふり向いた。

「同じだ。俺が映画好きな理由と」

和臣の笑顔には仲間を見つけたような親愛がこもっていた。誰かの笑顔を見ただけでこんなにしあわせな気持ちになることなんて、今までになかった。もっと笑ってほしくて、もっと彼と話したくて、朱里は身を乗り出した。

「ね、オススメの映画ってある？　面白いのあったら教えて」

「そんなんいっぱいあるよ！」

とたんに声をはずませた和臣は目がキラキラしている。和臣がどれだけ映画が好きなのか伝わってきて、朱里は笑みがこぼれた。かわいい、と男子に対して思うのも初めてだ。

「どんなジャンルが好き？　洋画？　邦画？」

「洋画がいいかな、リスニングの練習になりそうだし。恋愛ものとか好き」

英語圏の恋愛もの……、と和臣は日が傾いてきた空を見上げて考えこんだ。

「じゃあ『アバウト・タイム』とかいいかも。主人公が過去に戻れるタイムトラベル能力を持つ一族の出身でさ、その能力を使って運命の人をさがしたりするんだけど、それがいつもうまくいくわけじゃないのが面白くてコミカルだし、主人公の家族とかみんなちょっと変わってて魅力的で――観終わったあと、生きるっていいなって気持ちになれるよ」

「へー、すごく面白そう！　観たい」

「山本さんも絶対好きだと思う」

全幅の信頼がこもった笑顔を向けられて、心臓のリズムがいっきに加速した。これまでなら男子にこんなことを言われたら「乾くんってそんなに私のことわかってくれてるんだ?」とかそれくらいの切り返しはしていたのに、今はただ和臣を見つめることしかできなかった。もしかしたら顔も赤くなっていたかもしれない。和臣もわれに返った表情になって、カメラをバッグに入れながらやや早口で言った。

「うちにDVDあったと思うから、また今度持ってくる」

「うん、楽しみにしてるね」

これ以上邪魔するのも申し訳ないので、朱里は立ち上がって「じゃあまた明日」と手を振った。振ったその手がなんだかこそばゆくて、うれしくて、頰がゆるんでしまう。うれしい。乾くんと約束できた。

映研仲間と別れてマンションの自宅に帰ると、玄関に見慣れたスニーカーがあった。廊下《ろうか》をまっすぐ行って左手に曲がった自分の部屋のドアを開けると、思ったとおりの姿が本棚《ほんだな》の前にあって、和臣は小さく顔をしかめた。

「なに勝手に人の部屋入ってんの」

六つ上の兄、聡太《そうた》は手に取っていた本を閉じながら、目を細めて笑った。

「よ、ひさしぶり」

「ひさしぶりじゃないよ。たまには父さんたちに連絡入れてやれよ」

「あはは」

こっちは本気で心配して言ってるのに笑って流されてイラッときた。この兄は、かつては成績優秀、品行方正の優等生で、誰でも名前を知っている難関大学に現役《げんえき》合格してマンション内でも有名人だった。それが今は同一人物とは思えないほどくたびれたTシャツを着て、髪もぼさっと伸びてるし、全体的にだらしない。

それなのに、この家にいた頃よりも、兄は何百倍も清々しい顔で笑う。

「兄ちゃん」

「んー？」

なんで出てったんだよ、と喉《のど》までこみあげた言葉をのみこんだ。なんで、という理由はもう聞いた。その理由を認めず怒鳴り散らす父や、すすり泣く母と、なんとか話し合おうとする兄の声も何度も聞いた。それでもわかり合えなかったから兄は出ていった。

「……何か飲む？」

「や、いいよ。鬼のいぬ間に荷物取りに来ただけだから。親父《おやじ》たちと鉢合《はちあ》わせるとまた、ほら、さ」

「全部自分のせいじゃん」

「まあな」

またあっさりと流した聡太は、本棚に紛《まぎ》れていた自分の本を数冊抜き取ると、真顔になってふり返った。

「カズ、大丈夫か？」

「……何が？」

自分から問いかけたくせに兄はそれには答えず、壁際に設置した、古い物から最近の物まで映画のＤＶＤがぎっしり詰まった大きなラックを見上げた。

「それにしてもあいかわらずスゲー数だな」

「もう話題移ったのかよ……」

「カズは将来こっち関係の仕事したいとか？」

窓の外で、誰かに喧嘩《けんか》を売るような荒いクラクションの音が、短く響きわたった。

「――まさか。ただの趣味だよ」

兄は、こっちの心を見透かすような目をして静かに言った。

「俺のことは気にしないで、おまえはおまえの好きなことしろ」

「……よく言うよ。誰のせいで俺が――」

聞いているのかいないのか、荷物を詰めた大きな袋を持った兄がすたすたと歩き出したので、和臣もあとを追った。昔いつもこうやって兄の背中を追ってまわっていた記憶が、一瞬よみがえった。

「つかおまえ、背伸びたね。彼女とかできた？」

「は？　いないよ」

「好きな子は？」

「いないよ」

聡太は玄関のドアを開けながら、いたずらっぽく唇の端を吊り上げた。

「おまえさ、嘘つく時、首さわる癖《くせ》あるって知ってた？」

「えっ」

今まさに自分が首の後ろに手を当てていたことに気づき、和臣は急いで手を下ろした。完全に無自覚だったから動揺《どうよう》も大きかった。

「あいかわらず下手《へた》だな、いろいろと」

そんな捨て台詞《ぜりふ》を残して兄は出ていった。和臣は、宙に浮いていた手の甲を熱くなった頬に当てた。……兄ちゃん、そういうことはもっと昔に教えろよ。

その夜は、父と母の怒鳴り合いがいつもに増してひどかった。

原因は、兄がリビングのテーブルに残していった「退学証明書」という爆弾だ。空気が悪すぎて拷問《ごうもん》みたいな夕食を終え、すぐに和臣は自分の部屋に引っこんだ。それでも聞こえてくる両親の言い争う声を意識から締め出しながら、ラックに並べたＤＶＤの背表紙を目で追った。中段の端にあった『アバウト・タイム』のケースを抜き出し、デッキにセットして、ヘッドフォンで耳をふさぐ。流れ出した音楽に両親の声が掻《か》き消されると、やっと楽に息ができるようになる。

『アバウト・タイム』の主人公ティムは、何事にも自信のない気弱な青年で、せっかくの過去にタイムトラベルできる能力も恋に落ちた女の子を必死に見つけるために使う。そういうコミカルなSF要素が面白いし、日常のささやかな幸福をすくい取ってみせる演出も秀逸だ。だけどそういう映画の完成度とは別に、ティムの家族が出てくるシーンがすごく好きだった。本の虫の父親に、多趣味でいつも忙しい母親、常に正装しているおとなしい叔父《おじ》と、自由奔放《ほんぽう》な妹。家族はみんな風変わりで、でもとても仲が良く、誰もがティムを深く愛してる。初めてこの映画を観た時、ショックに近い感覚に打たれた。もし自分の家族がこんなふうだったら自分の人生はどれだけ違ったんだろうと、考えたって意味のないことをそれでも考えてしまった。

『違う世界にいる気分になれるからだと思う』

主人公の台詞に重なるように、透きとおった声が耳の奥によみがえった。グラウンドの石段に腰かけた彼女が、はにかんで浮かべた笑顔も。

彼女が英語を好きな理由を話してくれた時、本当はうれしかった。どっちにどう歩いたらいいかもわからない迷路の中で、不意に仲間にめぐり会えたみたいに。

でも、これ以上、彼女に近づくことはできない。今日はうっかりしていたが、やっぱりもう少し距離を置いたほうがいい。

このDVDも、やっぱり、貸すのはやめよう。

*

夏祭りに行かない？　と由奈が誘ってくれたのは、二人で山ほど出された夏休みの課題を片付けるために勉強会をしていた時だった。

「夏祭り？　そんなのあるんだ」

「そう、学校の向こうの神社で。屋台もたくさん出て楽しいよ」

去年は高校受験や引っ越しのせいで忙しかったし、その前は両親の再婚のあれやこれやでまったく余裕がなくて、そういう催《もよお》しにはずいぶん長いこと参加していなかった。考えるだけで楽しくて「行く！」と朱里は即答した。

ゆかた着たいね、いいねいいね、と女子トークで盛り上がっていたら「朱里ー」と部屋のドアがノックされた。

「母さんが、スイカ持ってけって」

「ありがと」

由奈がおみやげに持ってきてくれたスイカを運んできた理央は、そのまま戻るかと思いきや、なぜか当然のように部屋に入ってきて座卓にあぐらをかいた。

「理央、何なの？」

「何なのってひどくね？　俺も一緒にスイカ食っちゃだめなわけ。ありがと由奈ちゃん。俺、スイカ大好きだからうれしい」

理央がやけに律儀《りちぎ》に礼を言うと、由奈は「親戚《しんせき》のおばさんが毎年たくさんくれるから」と赤くなりながら手を振った。それから、ふっと口を閉じて何か考えこんだかと思うと、そろりとこちらに視線を送ってきた。女子のテレパシーが発動して、朱里は由奈の言いたいことを瞬時に察したが、内心驚いた。内気な由奈がそんなことを言い出すなんて。

「あのっ……あの、朱里ちゃんと一緒に夏祭りに行こうって話してたんだけど、理央くんも一緒に行かないっ？」

由奈の声は震えていたし、途中で少し裏返ったところもあったけど、それでも由奈は理央をまっすぐに見つめて最後まで言った。

スイカをかじろうと口を開けたまま動きを止めていた理央は、皿にスイカを置くなり即答した。はっきり、きっぱりと。

「行く」

「ほんとっ？　でも、予定とか確認しなくて大丈夫？」

「何があっても全部蹴《け》って祭りに行く。あ、カズにも声かけとくから安心しろよ」

理央がいきなりこっちを向いて付け足したので朱里は激しく動揺した。さらっと人の心を見透かすんじゃない……！

「あ、確かにカズくん、屋台のたこ焼きとか焼きそばとか大好きなんだよね」

「うんまあそれもあるけど、ほっとくとアレ何も動かなさそうだし」

「え？　え？」

「いやこっちの話。うお、スイカめっちゃうま」

スイカにかぶりつく理央はいやにご機嫌で、夏祭りに理央と一緒に行けることになった由奈もにこにことそれをながめている。そんな由奈は同性の目から見てもすごくかわいくて、なぜか、朱里は目をそらしてしまった。

由奈はすごく強くなった。そして、きれいになった。

そんな由奈を見ていると、最近妙に胸がざわつく。焦りのような――やるべきことができていない自分を突きつけられるような心地になる。

和臣とは、結局夏休み前の放課後に映画の話をして以来、ほとんど口をきいていなかった。そのあとすぐに夏休みに入ったので顔を合わせる機会がなかったし、かといって自分から会いに行くほどの用があるわけでもない。貸してくれると話していた映画のDVDを口実に会いに行ってみようかと考えたこともあったが、迷惑かも、とか、ていうかそもそも約束なんか忘れてるかも、と考えると結局二の足を踏んでしまった。

私は、乾くんに、どう思われてるんだろう。

最近そんなことばかり考えてる。知り合ったばかりの頃は、少なくともわりと気の合う友達と認識されていたと思うし、和臣も愚痴《ぐち》を聞いてくれたりして親切だった。でもこの頃はやけによそよそしい感じがするし、DVDを貸してくれる約束も結局自然消滅しそうな流れだ。住んでいる場所は近いのに、最近の和臣はひどく遠い。それとも遠いのは自分だけなのだろうか。理央はよく和臣の家に遊びに行くくらい仲がいいし、由奈も和臣とはほぼ生まれた頃からの付き合いだ。なんか、私だけのけ者っぽい。

八月に入ると毎日うんざりするほど暑い日が続いた。「カズ、夏祭り行くってさ」と理央が知らせてくれたが、ふーん、とことさら素っ気ない返事をしてしまった。本当はちょっと飛び跳ねたいくらいうれしかったのに、なんだろう、あっちは自分をどう思っているのかわからないし、むしろ嫌われてるかもしれないのに自分だけ喜びたくないというか――自分でもよくわからない。

夏祭りの日は夕方六時に神社に集合ということになった（理央と和臣は公開初日のハリウッド映画を観に行ってその足で来るらしい）。当日、集合時間よりも二時間早く、ゆかた姿の由奈が訪ねてきた。

「ごめんね朱里ちゃん、変なこと頼んで」

「ぜんぜん。でも珍しいね、由奈がメイクって」

朱里は鏡をのぞいて見栄えを確認しながら、由奈の長い髪をヘアアイロンではさんだ。ふんわりとした巻き髪ができるように、じっくり丁寧《ていねい》にセットしていく。由奈のくせのない髪はさらさらで、さわっているとすごく気持ちいい。鏡に映った由奈はうっすらと頬《ほお》を染めながら、決心の表情を浮かべた。

「私ね、今の自分を、もう一回ちゃんと理央くんに見てもらいたいなって。もう『私なんか』って思いたくないの。これからは、私をもっとがんばってみたい」

「……そっか」

桜の花が咲いていた頃の由奈が今の自分を見たら、びっくりするに違いない。好きな人のためにまっすぐがんばろうとする由奈がとにかくかわいくて、そしてうらやましくて、朱里は座卓に散らばっていたメイク道具を全部ボックスに入れて由奈に押しつけた。

「これ全部あげる。使っちゃってるのもあるけど」

「えっ——いいの？」

由奈は「ありがと、朱里ちゃん！　ありがと！」と感極まったようにくり返した。「何回言うの」と笑いながら、今の由奈の笑顔はまぶしすぎて「ほかに何かあったかなー」とクローゼットの中を確かめるふりをして目をそらした。

これは由奈のイメージじゃないかな、これはどうかな、とクローゼットの服を一着ずつ見ていると、ねえ、と背後から由奈が話しかけてきた。

「やっぱり朱里ちゃんも、ゆかた着ようよ」

「んー……私はいいよ」

由奈は理央が好きで、理央にかわいい自分を見せたい。そういう気持ちになるのは自然なことだ。でも、私は？　相手が私をどう思ってるかもわからないし、それだったらひとりだけ気合いを入れていくのも変だ。

「朱里ちゃんは、ゆかた見せたい人、いないの？」

——由奈が素直すぎてまぶしい目で問いかける。

クローゼットの奥には、しばらく前に母に出してもらった花柄のゆかたが掛けてある。帯も、籠《かご》バッグも、下駄《げた》も、髪飾りも、本当は全部、準備してある。

——これを着たら、意味はある？

これを着た私を見たら、かわいいとかきれいって、あなたは少しくらい思ってくれる？

2

夕方六時に神社に着くと、境内《けいだい》には無数の提灯《ちょうちん》と篝火《かがりび》が灯されていた。まだ西の方角に夕陽が残る空は薄明るい。朱里はオレンジ色の明かりに照らされて華やぐ神社の境内をながめて、気持ちが浮き立ってくるのを感じた。ぞくぞくと人が集まってくる鳥居の前で、理央と和臣が「こっちこっちー」と手を振っていた。

ゆかた姿の由奈と朱里が近づいていくと、理央は思いがけないものを見たように目をみはってから、由奈にほほえみかけた。

「いいじゃん、ゆかた。かわいい」

「あっ、ありがと……」

　理央はこういう時にちゃんと言葉にして褒《ほ》めるのがえらい。由奈は赤くなりながらもすごくうれしそうで、グッジョブ、と朱里は胸の中で弟に親指をたてた。その時だ。見つめられているような、かすかな気配を感じたのは。

　和臣を見上げると、目が合う寸前に和臣は人でごった返す境内のほうをふり向き、小さく顎《あご》を動かしてみんなを促した。

「そろそろ行こう。ここにいると邪魔になるし」

　何食う？　やっぱ最初は焼きそばとたこ焼きだろ。などと言い合いながら理央と和臣が先に立って歩き出す。朱里は理央よりも少しだけ背の高い和臣の背中を見つめた。さっき見つめられたような気がしたのは、やっぱり気のせいだったんだろうか。こんな恰好をしても、やっぱり何も思ってもらえなかったんだろうか。――そうなのかも。だって何も言ってくれないし、もう全然目も合わないし。

　せっかくのお祭りだというのにこれ以上考えると落ちこんでしまいそうで、朱里は通りかかった夜店の「射的」という看板を指して「ねえ！」と声を上げた。

「射的だって。私やってみたい！」

「えー？　やめとけよ、絶対当たんないって。おまえゴミ箱にティッシュ捨てるのだってよく外すじゃん」

「うるさいっ。由奈、ほら、かわいいぬいぐるみあるよ」

「あ、ほんとだ。あのたれ耳のうさぎ、かわいいー」

そのとたん、なぜか理央もズイと店先に踏みこんできて「おっちゃん、俺も一回ね」と店主のおじさんに小銭を渡した。鉄砲にコルク弾を詰めながら朱里は眉《まゆ》をひそめた。

「やるの？　さっきバカにしてたの誰よ」

「え？　なんのこと？　あと朱里、ここからこっちは俺のシマだから。おまえはここからそっち狙えよ」

と理央は人さし指で景品が並ぶ棚《たな》をまん中から分ける仕草をした。「俺のシマ」と理央が言ったのはさっき由奈が「かわいい」と指さしたうさぎのぬいぐるみがある側だ。狙う場所を勝手に決められるのは釈然としなかったが、別に困るわけでもないから、朱里はビッグサイズのお菓子の箱やゲーム機、フィギュアなんかが並ぶ三段の大きな棚をながめた。中段まん中に置かれた、つぶらな瞳が愛くるしいゴリラのぬいぐるみと目が合った。よし、あれにしよう。その間にも理央は自分の陣地の上段あたりを連続して撃ったが、全弾とも外れてしまった。

「はい、ざんねーん」

「バカな……おっちゃん、もう一回！」

「待て理央、そこまで金払ったらここに並んでるものたいてい買えるぞ」

「うっさい、邪魔するな」

騒いでいる理央をよそに、朱里は慎重に狙いを定めて、五発のコルク弾を撃った。そのうち一発は確かにぬいぐるみに当たったのだが「景品を倒さなきゃだめなんだよ」とおじさんに言われてくやしい気分で鉄砲を返した。やっぱり理央に言われたとおり、向いてないみたいだ。一方の理央はかなりのお金をつぎこんだのにまったく景品がとれなくて落ちこんでしまい「理央くん、元気出して」と由奈があわててなぐさめていた。

「俺もやろうかな」

それまでながめているだけだった和臣が、前に出てきておじさんに小銭を渡した。

「あー、違うってカズ。もっとこう肘ついて狙い定めてさあ」

「集中できないからちょっと黙って」

ためにならない理央のアドバイスに小さく顔をしかめた和臣は、目を細めた。真剣な目つきに朱里はどきりとした。さっき自分もやったからわかるのだが、狙いを定めようとしてもどうしても銃を構えた腕はゆれてしまうものだ。けれど和臣はぴたりと腕のゆれがおさまった一瞬に引き金をひいた。パン、と小気味いい音が響いて、中段にあったゴリラのぬいぐるみがころんと倒れた。

「はい、おめでとうー！」

ガランガランと鐘を鳴らしたおじさんが、ぬいぐるみを和臣に渡した。「すごーい！」と朱里は由奈と一緒になって拍手して、理央は面白くなさそうに和臣に絡んだ。

「なんでおまえは獲《と》れるんだよ」

「たまたまだって。それより次どうする？」

由奈が「私、金魚すくいやりたい」と手を上げると「よし、それ行こう」と理央はすぐさま賛成して由奈と前に立って歩き出した。朱里もあとに続こうとした時「山本さん」と声をかけられた。

「あげる」

和臣の手にのっているのは、あのつぶらな瞳がかわいいゴリラのぬいぐるみだった。

「え……獲ってくれたの？」

驚いて見つめ返すと、和臣は首の後ろをさわりながら目をそらした。

「や、たまたま」

「……ありがと」

ぬいぐるみを受けとると、和臣は足を速めて理央のとなりに並んだ。

最後尾を歩きながら朱里はぬいぐるみを見つめた。射的なんて、ちゃんと狙いを定めないと景品は取れないいんじゃないだろうか。それでも『たまたま』？　そんなこと、ある？

人ごみの中を歩く和臣の背中を見つめて、朱里はぬいぐるみをそっと抱きしめた。

ぬいぐるみに残るほのかなぬくもりは、たぶん、彼の体温だった。

＊

提灯の光ってきれいだな、と和臣は頭上に連ねられた無数の明かりをながめて思った。

街を照らす白くて冷たい街灯の光と違って、朧月《おぼろづき》みたいな、じんわりとにじむような光が夜の闇をやわらかく照らす。

「あー、何やってんだよ朱里、今浮いてきたとこでカメラを回したら、すごくいい画像が撮れそうだ。ここでカメラを回したら、すごくいい画像が撮れそうだ。

「うるさいな、集中できないから黙ってて」

「あっ、朱里ちゃん、そこの黒い出目金《でめきん》！　とれそう！」

金魚すくいの店先に設置された横長の水槽《すいそう》の前で、しゃがみこんだ理央と朱里と由奈がギャーギャー騒いでいるのをカメラで撮るような気分でながめる。左手にお椀《わん》、右手に和紙を張った虫眼鏡《むしめがね》型のポイを握った朱里は、結局一匹も金魚をとれなくて、しょんぼりしながら店主のおばさんに道具を返した。由奈になぐさめられた朱里は、微苦笑を浮かべて頷《うなず》き、頬にかかっていた髪を指先で払う。白くて細い、爪の形がきれいな指だ。なめらかな頬や、細い首すじ。花柄のゆかたのせいか、いつも学校で見るのとはまるで印象が違う彼女の姿を、夜店の淡い電灯が照らし出している。——もっと近づいて撮りたい。彼女の精緻《せいち》なディテールを余さず画面に映し出せるように、彼女が浮かべるかすかな表情の変化をひとつも逃さないように。もっとそばで。

次の瞬間、朱里が何かを感じたように首をめぐらせて、とっさに和臣は視線をとなりの水風船釣りの店のほうに逃がした。表情は変えずにすんだと思うが、見てはならないものを盗み見していたやましさから、じわっと耳が熱くなった。それをごまかすために、ことさら大きな声で理央に話しかけた。

「そろそろ何か食わない？　腹へったー」

「あ、だな。ここって休憩所みたいなとことかあんのかな？」

「うん、あるよ。あっちの広場」

祭りの夜店は鳥居から本堂までのびる石畳《いしだたみ》の道に沿って並んでいるが、そのにぎやかなメインストリートから横手にそれた広場に待合所が設営されていた。簡素な長テーブルとパイプ椅子《いす》を並べただけのものだが、もう席はだいぶ埋まっていた。歩きまわってようやく確保した四人分の席は、買い出しの間死守しておく必要がある。

「由奈ちゃん、ここで場所取りして待っててよ」

「え、でも……」

「いいからいいから。それに下駄って歩くのけっこう疲れるでしょ」

由奈の肩を押して椅子に座らせた理央は、やけに笑顔がやわらかい。理央の気の配り方に和臣は感心した。下駄だと歩くのが大変なんて、言われて初めて気がついた。

「山本さんも疲れたんじゃない？　由奈と待ってて。俺と理央で適当に買ってくるから」

朱里はなんだか驚いたような顔をして、すぐに手を振りながら笑った。

「私は大丈夫、頑丈だから。二人だけじゃ買い出し大変だし、私も行くよ」

結局三人でメインストリートに戻りながら、いつもこうだよな、と和臣は朱里の横顔を横目で盗み見た。朱里は、心配されると何でもないと笑い、配慮《はいりょ》されると大丈夫だと言ってむしろ果敢《かかん》な行動に出る。自分の気持ちよりもその場のみんなの利益を優先するようなところをたぶん本人は周囲に悟らせてないと思っているんだろうけど、見ているこっちは意外とわかってしまい、そういう彼女は、ほうっておけない気分にさせる。

焼きそば、焼き鳥、お好み焼きにたこ焼きと、おなじみのメニューの屋台をめぐった。三人とももう両手がいっぱいになったところで「そろそろ戻ろうか」と和臣は朱里に声をかけようとして、目を疑った。

ふり返ったそこに見えるのは、衝突せずに歩くのも大変なくらいの人ごみだけだ。右を見ても左を見ても朱里の姿はなく、和臣は息をのんで前を歩く理央の肩をゆさぶった。

「山本さんがはぐれた」

「え、うそ」

目をみはった理央は、とり乱すかと思ったら、人ごみに目を凝《こ》らしたくらいでため息まじりにこう言った。

「あー、まあ、あいつなら大丈夫だろ」

――大丈夫って何がだよ。

「なんでおまえが見てないんだよ！」

腹立ちにまかせて出した声は予想外にでかく鋭くなった。理央はびっくりした顔をして、それから眉《まゆ》を吊り上げた。

「は？　なんで俺が？　むしろおまえがちゃんと見てろよ」

言われている意味がまったくわからなくて和臣は眉をひそめた。朱里を誰よりも気にかけるべき人間は理央であるはずだ。それなのにどうして理央がこんな気のない反応をして、さらにはこっちを責めるような言い方をするのかまるでわからない。

「だっておまえ山本さんのこと――」

言い返そうとした言葉をのみこみ、和臣は荒くため息をついた。違う。今はこんな言い争いをしているひまなんかない。

「捜してくる」

言い捨てて理央の返事も聞かずに人ごみの中にとびこんだ。密集した人と人の間に身体《からだ》をねじこむようにして足を進める。もう撮影気分で祭りの風景をながめる余裕はない。

いつも軽い態度をとっていても本当はしっかりしている彼女がいなくなるなんて、何かあったんじゃないか。けがをしたとか、変なやつらに絡まれたとか。悪い想像ばかりがどんどん膨《ふく》らんで、乾いた鼓動が速くなる。

最近いつもこうだ。

彼女のことを考えると、心が乱れて、いても立ってもいられない。

本当についてない。

水で濡らしたハンカチでゆかたの胸もとをぽんぽんと叩きながら、朱里は何度目かのため息をこぼした。顎《あご》を引いてゆかたの袷《あわせ》のあたりを見てみるが、ソースのシミはいくらか薄くなった程度だ。これはクリーニングに出さないとだめだ。

境内のはずれにある小さな水場には、人の姿はまったくない。

お祭りの陽気なざわめきが、誰かの思い出みたいに届いてくる。

ひさしぶりに着たゆかただったし、下駄をはいた足も少し痛くなってきていて、人ごみの中でうまく歩くことができなかった。理央と和臣からはどんどん離れてしまうし、待ってと何度か声はかけたのだが、あたりの喧騒《けんそう》にかき消されてしまって二人とも気づかない。それで必死に足を動かしていたら、向こうから来た人と思いきりぶつかってしまった。しかもその人が歩きながらたこ焼きを食べていて、ぶつかった拍子にソースがべったり。

お母さんに文句言われちゃうな、とまた嘆息《たんそく》していた時だ。

「……山本さん！」

突然の声にびっくりして顔を上げると、すごい速さでこっちに走ってくる人影が見えた。

彼の切羽詰《せっぱつ》まった表情が、提灯《ちょうちん》の明かりに照らされて見えた。

「乾くん……」

「大丈夫？　何かあったの？」

「あ、さっき、たこ焼き持ってた人とぶつかっちゃって……」

ゆかたの胸もとのシミを見て和臣も事情を察したらしく、盛大なため息をもらしながら力が抜けたようにしゃがみこんだ。

「……とにかくよかった、無事で」

心からの安堵《あんど》がこもった、噛《か》みしめるような声だった。

和臣は額の汗をぬぐい、Tシャツの襟《えり》もとをパタつかせる。そんなに汗をかくぐらい、必死に捜してくれたのだ。朱里は胸が甘苦しくなった。

「心配してくれたんだ……」

「俺が連絡できればよかったんだけど」

「私たち、なにげにＬＩＮＥとか知らないもんね」

「……だね」

四月に知り合ってからもう四カ月も経つし、それなりに親しくもしていたはずなのに、今まで連絡先を交換することもなかった。本当のことを言えば和臣に訊こうと思ったことは何度もあるのだが、結局は足を踏み出しかねていた。

朱里は籠《かご》バッグからスマホをとり出した。努めて明るく、かるく、和臣に笑いかける。

「交換……しとく？」

もしかしたら断られるかもしれないという不安もあったが、和臣は「……そうだね」と呟《つぶや》くと、立ち上がってポケットからスマホを出した。まず和臣が朱里のQRコードを読み取り、そこから朱里をリストに登録してもらうことにする。こんなのいつも誰とでも気楽にやっていることなのに、和臣の手の動きを見つめている間、ずっと自分の心臓の音がうるさくて仕方なかった。

交換が終わったあと「どうもー」と笑って朱里はスマホをバッグにしまったが、和臣は無言で液晶画面を見つめていた。表情も神妙というか、どうも硬い。

「どうかしたの？　もしかして何かうまくいかなかった？」

「あ……ごめん。女の子と交換したことなかったから、なんか、緊張した」

女の子、という言葉にドキッとした。

「え、だって、由奈とか」

「山本さんが初めて」

初めて、という言葉が、特別、というように聞こえた。和臣の照れくさそうな表情に、窒息《ちっそく》しそうなくらいの愛《いと》しさがこみあげた。心の高ぶりに身体が追いつかなくて言葉も出せずに彼を見つめると、和臣もこちらを見つめ返す。ほかには何も目に入らないというように、まっすぐに、熱を秘めた目で。

これが合図じゃないなら、いったい何？

こんなまなざしが、願望が見せる錯覚《さっかく》や勘違いであるはずがない。今なら、こちらから踏みこめば、彼も応えてくれるんじゃないか。そうなれたらいいと、本当はずっと願っていたとおりに。

「乾くんって、今付き合ってる人いる？」

和臣は突然手をパンと鳴らされたみたいな顔をした。

「なに……急に。いないけど」

「じゃあ、私たち、付き合ってみませんか？」

和臣が目を見開いた。沈黙が流れて、期待した反応が返ってこないことに焦りがこみあげた。でもあとには引けない。朱里は発熱したみたいな頭で必死に次の言葉を考えた。

「だって乾くん、私のこと好きじゃないですか？　だから——」

「ごめん」

こちらの言葉をさえぎるように響いた声は、くっきりとして冷静だった。

和臣は首の後ろに手を当てながら、足もとに視線を落とした。

「……ごめんなさい。俺、山本さんのこと、その……好きとかじゃないから」

好きじゃない。その言葉が、ゆっくりと耳に沈んで、リフレインした。

笑わなきゃ。とにかく笑わなきゃ。朱里は大げさなくらい声を高くして笑った。

「な、なんだー！　やっぱ私の勘違いだったか！　もう恥ずかしい～、違うならいいの！

私がひとりで盛り上がっちゃってただけだから」

「……山本さん」

「あ！　これ、やっぱり落ちないみたい。シミになる前にどうにかしないとだから、私、
帰らなきゃ！」

必死に笑顔をたもち、朱里はたこ焼きが入ったビニール袋を和臣に押し付けた。

「これ、みんなで食べて。今のは全然気にしないでね。なんなら忘れてくれていいから」

そして和臣の顔も見ないまま早足でその場を離れた。一刻も早く和臣の視界から消えたくて、次第に小走りに、最後には駆け足になった。下駄の鼻緒《はなお》が足の指の間に食いこんで痛かったが、朱里はこみあげてくる涙をこらえて走った。

恥ずかしい。消えたい。息が止まりそう。恥ずかしい。恥ずかしい。

なんとも思われてなかった。好きなんて、全然思ってもらえてなかった。

それなのに、こんなゆかた着て、どう思われてるのかって彼の様子ばかりうかがって、

あげくに「付き合ってみませんか？」なんて。バカだ。何うぬぼれてんの、ほんとバカ。肺が裂けそうなくらい苦しくなって、朱里は足を止めた。肩で息をしていると涙があふれてきて、しゃくりあげそうになる。必死に身体を縮めて泣き声をこらえる。大丈夫。今までだって何があってもすぐに立ち直ってきたし、後腐れなく気持ちを切り替えてきた。そうしなければ、とてもやってこられなかったから。だから大丈夫。今度だってきっとすぐに平気になる。

たとえ、今は、心がバラバラになるくらいつらいとしても。

朱里がゆかたの袂《たもと》を蝶《ちょう》の羽のようにひるがえして立ち去った時、とっさに足が動いたが、和臣は歯を噛みしめてその場にとどまった。

だめだ。

決めたんだ。――理央の好きな人は、好きにならない。

五月の半ば頃のことだ、まだはっきりと覚えている。あの日は朱里が体育の時間に熱中症で倒れた。朱里がふらついて地面にくずおれるのを遠目に見た瞬間、無我夢中で走っていた。抱き上げた身体は華奢《きゃしゃ》で、保健室まで運びながら、どうしてこんなに細くてやわらかいのに生きていられるんだろうと変なことを焦った頭で思った。

その日は放課後までずっと落ち着かなくて、学校の帰りに駅前のレンタルショップに寄った。いつものように物語の世界に没頭すれば平穏な気持ちをとり戻せると思った。傘に穴が開きそうなほどの雨が降っていた。そしてレンタルショップからの帰りに見たのだ。

一緒にマンションの方角に向かって歩く、朱里と理央を。

声をかけなかったのは、とてもかけられる雰囲気《ふんいき》ではなかったからだ。理央はなぜか傘をそのへんに放り捨ててずぶ濡れで、朱里は切実な声で理央に話しかけていた。そのうち理央は朱里の傘の中に入って、走ってきた車から朱里をかばうように身を寄せた。

そして、朱里の隙《すき》をつくようにキスをした。

その瞬間、自分でもわけがわからないくらい動揺《どうよう》して、とっさに近くにあった自販機のかげに隠れた。その拍子に自販機の脇に放置されていた自転車に足を引っかけてしまい、歩道に倒れた自転車が、ガシャンと派手な音を立てた。

あの時、激しい雨音の中で、突き刺さるように理解したことは二つ。

一つ目は、理央は朱里が好きだということ。血がつながらないとはいえ、姉弟というタブーを越えてしまうほど、好きなんだということ。

二つ目は、じつは自分が朱里をどう思っていたかということ。

だけど気づいた瞬間に二つ目は封印しなければいけなかった。理央は大事な友達だ。だったらそれは消してしまわなければならない。それは理央に対する裏切りなのだから。

『なんなら忘れてくれていいから』

――忘れたいよ、俺だって。できることなら全部あとかたもなく。

だけどそんなの、どうやって？

3

九月になり、新学期が始まると、文化祭にまつわる話がちらほらと出るようになった。

十月初旬《しょじゅん》に開催される文化祭は地元では有名で、毎年千人近い一般来場者が訪れるそうだ。

一年四組の出し物は『青春フォト選手権』に決まった。生徒はもちろん、一般来場者も含めて参加者には校内でとびきり青春らしい一枚を撮ってもらい、一階ロビーに確保したスペースに展示。そして最終日に投票によって栄えある一位を決めるという企画だ。

「それぞれの役割分担を決めたので確認しておいてください」

司会をしていたクラス委員が、廊下《ろうか》側の席からプリントを配っていく。私は何だろう、とプリントの中に自分の名前を探した朱里は、うっと息をつめた。

『撮影お手伝いBチーム　乾和臣・山本朱里』

どうしてよりによってこの組み合わせに――教卓前の席にいる和臣のほうをうかがうと、ちょうど和臣もこちらをふり向いたところで思いきり目が合ってしまった。とっさに朱里は笑顔を作ったが、だめだ、今の完全に引きつってた……！

「朱里ちゃん、何かあった？　カズくんと」

由奈がそんなことを訊ねてきたのはホームルームのあとで、朱里はぎくりとしたが、それが表に出ないように小首をかしげた。

「……え？　別に何もないけど、なんで？」

「なんか朱里ちゃんとカズくん、ぎこちないっていうか、変な雰囲気だから……」

「まさか、そんなことないって。全然なんにもないから」

笑って手を振りながら後ろめたい気分になった。由奈は今まで何でも打ち明けてくれた。理央が好きだということも、告白したけれど断られたことも。でも自分は、言えないのだ。もし和臣と付き合うことになっていたらすぐに報告した。でも、その逆の結果は、自分が彼に拒《こば》まれたということは、由奈にさえ言えない。プライドが邪魔をして。

そんな卑屈《ひくつ》な自分が嫌で黙り込んでいると、由奈が眉《まゆ》を八の字にした。

「朱里ちゃ……」

「市原さーん。委員会一緒に行こう」

教卓側のドアから男子生徒が顔をのぞかせて手を振っていた。ふわふわの天然パーマの彼は見覚えがある。理央とよく一緒にいる男子だ。名前は確か、我妻《あがつま》だったと思う。

「由奈、我妻くんと仲いいの？」

「仲いいっていうか、このまえの委員会の集まりでけっこうしゃべったんだ。我妻くん、理央くんと仲良しだから、理央くんの話で盛り上がって」

由奈は以前に比べるとかなり人見知りをしなくなったが、やっぱりまだ理央と和臣以外の男子には態度がぎこちない。でも我妻は苦手ではないようで意外だった。雰囲気がやわらかいからだろうか。でもなんにせよ、由奈に友達が増えるのはいいことだ。

「早く委員会行ってきなよ。私、ほんと何ともないから」

「でも」

「いいから」

背中を押すと、由奈は心配そうにしながらも、筆記用具を持って教室を出ていった。

じっと由奈を待っているのも退屈なので、朱里はほかのクラスの様子を見てまわることにした。文化祭に向けた準備の進行具合はクラスによってまちまちで、まだ何もとりかかっていないクラスもあれば、すでに立て看板の製作に取りかかっているクラスもあった。

そんなふうに教室をのぞきながらぶらぶら廊下を歩いていた時だ。

屋上に人影が見えて、朱里は足を止めた。こんなに距離があるのに、どうしてひと目でそれが誰かわかってしまうのだろう。

行きたい、という気持ちと、顔を合わせるのは気まずい、という気持ちがせめぎ合った。そして気まずい気持ちのほうが勝って教室に戻ろうとしたが、朱里は立ち止まった。

——いつまでもグダグダしてどうすんの。

簡単だ。いつも通りにすればいい。気持ちを切り替えるためにもそれが一番だ。

朱里は気合いを入れて方向転換し、屋上に続く階段をめざした。


とくに文化祭に熱くなるたちではないけど、自分に割り振られた役目はきちんと果たしたい。それに『青春フォト選手権』は、その催《もよお》しに参加したいと思ってくれた人を対象に行うものだ。だったらその人たちをがっかりさせないように、いい写真が撮れるスポットをあらかじめ調べておいたほうがいい。

屋上に出て、映研から持ってきた一眼レフを通して風景をながめた和臣は、満足して口もとをほころばせた。四階建て校舎の屋上からは、街並みの向こうの海も見えるし、この高校が創立された当時から保存されている中世の修道院みたいな尖塔《せんとう》の講堂棟も見える。これなら写真の背景としても映えるだろう。

ファインダーをのぞきこんだまま別の場所にもカメラを向けていく。中庭のほうを背景にするのもありかもしれない。たぶん当日は色とりどりの飾り付けがされるから、それも文化祭での一枚にはふさわしいだろう。

さらにカメラを動かした瞬間、ファインダーの中にセーラー服姿の朱里があらわれた。いきなりのことに動揺して、とっさにシャッターを押してしまった。

「……山本さん」

「フォト選手権の下調べ？」

「うん……絵になりそうなとこ、いくつか探してた」

「まじめだね」

ほほえみを含んだ朱里の声はやわらかくて、からかう意味で使われた言葉ではなく、好意的な評価から出たものだとわかった。別に、と応えつつ耳たぶがこそばゆくなった。

「私も手伝うよ」

「……じゃあ、試しにそこ立ってみて」

指示どおり、朱里は海が見える位置に移動した。手を後ろに組んでこちらを見つめる。風が彼女の髪をゆらす。オレンジ色をおび始めた光がなめらかな頰《ほお》を照らす。彼女の瞳が、ほかの何にも惑わされず、ただ自分だけを見つめる。淡く色づいた唇が言葉を紡《つむ》ぐ。

「どう？　ここで大丈夫かな？」

「――あ、うん」

何のためにカメラをかまえていたか忘れそうになっていたのをごまかし、連続してシャッターを切る。朱里は気を利《き》かせて「こっちのほうも行ってみる？」とさっき目星をつけていた中庭の方角にも立ってくれた。彼女はそういうところがあるのだ。何も言ってないのにこちらの考えていたことを察したり、逆に、彼女が思っていることが言葉にされなくてもなんとなくわかることもある。

ひと通り写真を撮り終わると、沈黙が降りた。グラウンドで練習しているサッカー部の声や、合唱部のピアノ伴奏と歌声がここまで届いてくる。風に乱された髪を、朱里が指先で耳にかける。伏し目がちな表情を見ただけで胸がきつく締めつけられる。

夏祭りの夜からずっと胸にわだかまっているものの正体を、本当はわかっている。でもそれが後悔《こうかい》だと認めたら身動きが取れなくなる。そうわかっているのに口が動いていた。

「山本さん、俺――」

けれど言葉を続ける前に朱里の声にさえぎられた。

「夏祭りのこと、もう気にしないでね！」

明るすぎるくらいの声で言いながら朱里はせわしなく手を振る。

「私、切り替え速いし、ほんと忘れて！」

そして朱里は「それじゃ私、由奈と帰るから先行くね」と足早に立ち去った。ほとんど駆け足の速度で遠ざかる華奢《きゃしゃ》な後ろ姿を、一歩も動けずにながめた。

――何だよ、忘れていいって。

彼女にとっては確かに簡単なことなのかもしれない。だけどこっちにとってはそうじゃない。あれからずっとあの夜のことが頭から離れないし、考えればじりじりとライターの火で胸を焙《あぶ》られるみたいな気分になって、温暖化を加速させそうなくらいため息ばっかりついてる。通学用リュックには本当はずっと『アバウト・タイム』のＤＶＤが入っていて、渡そうと思い、だめだと思いとどまり、そのくり返しでそろそろ本気でしんどい。

断っておいて勝手な話だってことは十分わかってる。だけど、もう何ひとつ気にしてないようなきれいな笑顔で、そんなに忘れろ忘れろと言うんなら。

だったら俺にも、忘れ方くらい教えてほしい。

＊

文化祭は、好きか嫌いかと訊かれたら別に嫌いでもないけど、そんなに力いっぱい楽しみたいわけでもない。ましてや、人に笑われてまで盛り上げたいとは、絶対思わない。

「……なんで俺があんなん着なきゃいけないんだよ」

「往生際《おうじょうぎわ》がわりーぞ、理央。てかほんと似合ってたし。あの衣装あそこまで着こなせるやつなんてうちのクラスじゃおまえしかいないって」

肩を叩いて励《はげ》ましてくる柴《しば》は、だけど顔が半笑いで説得力が皆無だ。理央は机に突っ伏したままお調子者の友達をにらんだ。おのれ柴、おまえなんて寝坊した朝に髪のスタイリングがまったくきまらない呪いにかかれ。

理央が所属する一年一組は文化祭で『やつらをさがせ！　コスプレスタンプラリー』なる出し物を催すことに決まった。『忍者』とか『桃太郎《ももたろう》』とか『石油王』とか『サムライ』

など、とにかくいろんなコスプレをして校内に出没する一年一組のメンバーをお客さんに見つけてもらうという趣向だ。コスプレをした一年一組メンバーを見つけた人には専用の用紙にスタンプを押す仕組みで、そのスタンプの数に応じて景品がもらえる。全種類のスタンプを制覇《せいは》した人には特別な賞品も贈られる。

そして今日の放課後はその衣装合わせがあったのだが、自分に割り当てられた衣装を見た理央は絶句した。「理央くん似合うー！」「かっこいいー！」と女子のみなさんは喜んでいらっしゃったが、冗談じゃない。こんなものを着て人であふれる文化祭の校内を歩き回るなんていったいどんな罰《ばつ》ゲームだ？　こんな姿、絶対に知り合いには見せられない。

そう、とくに彼女には。

「理央と柴、もう帰る？　俺も行くからちょっと待って」

ため息をくり返しながら柴と一緒に教室を出たところで、穏やかな声がかかった。手を振りながら廊下を歩いてきたのは、柴と違って思慮《しりょ》深くやさしい友達、我妻だ。

我妻は委員会の集まりがあったので放課後の衣装合わせを抜けていたのだが、帰ってきた友人は意外な人と一緒で、理央はびっくりした。

「由奈ちゃん？」

「理央くん。夏祭りから会ってなかったから、すごくひさしぶりだね」

こぼれるような由奈の笑顔を見て、理央は息をつめた。……やばい、かわいすぎて呼吸困難起こしそう。

「てか、なんで我妻、由奈ちゃんと？」

「だって委員会同じだから、俺と市原さん」

それは知ってる。我妻は図書委員だし由奈もそうだ。しかし訊ねたいのはそういうことではなく、なにゆえ我妻と由奈が仲良さそうに並んで一緒に帰ってきたかということだ。

「じゃあ私、教室戻るね」

「うん、いろいろありがとう、市原さん。ばいばい」

手を振り合う由奈と我妻はやけに親しそうな雰囲気《ふんいき》をかもし出している。……なんだよ、二人のこの空気？　しかも「いろいろありがとう」って何だ、俺は何も聞いてないぞ。

「我妻って、由奈ちゃんと仲良かったっけ？」

努めて平静を装《よそお》い、いかにも世間話風な口調を心がけて訊ねると、我妻は教室に入りながらおっとりと笑った。

「話すようになったのは最近なんだけどね。ほら市原さん、理央のお姉さんと仲良しだし、理央ともよく話してるじゃん。だから前から知ってはいたんだけど。委員会の当番で一緒になった時、理央のことで会話はずんで、それからわりと話すようになったんだ」

由奈が自分のことを話していたというのはうれしいが、それによって二人が親密になったと聞かされては胸中穏やかならざるものがあった。

「へー……意外。由奈ちゃん、けっこう男子苦手っぽいのに。あ、俺は別だけど」

「あ、そうそう。今までの市原さんって、いつも下向いてるってイメージでさ、男子苦手オーラも出てるし、近づきづらいなーって思ってたんだけど、ちゃんと話してみたら全然そんなことなかったんだよ。まじめで親切だし、すごい素直で、話してて気持ちいいんだ。このまえ妹の誕生日プレゼント何がいいと思う？　って相談したら、あれこれ調べてすごく一生懸命考えてくれて。ほんといい子なんだよね」

そんなの、と理央はモヤモヤしながら思った。彼女がやさしくて親切で一生懸命で素直で内気なわりにじつはすごい強さを持ってるなんてこと、俺はとっくの昔に知ってたし。俺のほうがずっとよく知ってるし。絶対俺が一番よくわかってるし。

「……てかさー、我妻くーん」

にやにやしながら柴が我妻の机に腕を置き、冷やかすような上目遣いをした。

「なんか、もう、ダダもれちゃってるよ？　『好き』が」

「……やっぱバレバレかあ」

我妻がほんのり赤くなりながら照れ笑いをした時、理央は朱里が義理の姉になって以来の衝撃に打たれた。

ブルータス、じゃなくて我妻。

おまえもか。

4

さわやかな秋晴れに恵まれた十月第一週の土曜日に、文化祭は開幕した。

校舎は色とりどりの風船と紙花で飾り付けられ、メインストリートには三年生の出し物である模擬店《もぎてん》が立ち並ぶ。校舎の中はもう色の洪水という状態で、折り紙で作った輪飾りや花や布でありったけ飾られた廊下《ろうか》には、まじめな学習展示の立て看板から、いったいどんな内容なのか不明ないかがわしい看板まで、これでもかというほど生徒の力作が並んでいる。ちなみに教室の中をのぞくと廊下の倍はすごい光景が見られる。

生徒の見学と一般来場者の入場が開始するのは午前十時。その前に全校生徒は体育館に集まって開会式を行った。校長先生の長い話を聞きながら、朱里は、男子の列の前方のほうをながめた。列の並びは出席番号順、つまり名前順になっているので和臣はかなり前のほうにいるのだが、ぴょこんと頭が突き出ているからすぐに見つかる。

昨日の夜、たまたまリビングでテレビを点《つ》けたら『アバウト・タイム』というイギリス映画が放送されていた。どこかで聞いたことのあるタイトルだと思った一拍後、和臣が「山本さんも絶対好きだと思う」と話していたおすすめ映画だと気づいた。

確かに和臣の言うとおり、気弱な青年ティムのタイムトラベル能力のちょっとみみっちい使い方とか、風変わりで魅力的な家族の面々など、コミカルな部分がすごく面白かった。でも、エンディングでは泣いていた。かなしい涙ではなくて、胸にいっぱいになった温かさが結晶になってあふれたような、そんな涙が。私たちが過ごす一日はかけがえのない最高のものなのだ、というメッセージがこもっていた。

あの映画、すごくよかった。今まで観たなかで一番好きな映画になったよ。

和臣にそう伝えたいけれど、そうするとDVDを貸すという約束を忘れたことを気に病ませるかもしれないし、そもそもそんな映画の話なんて和臣は忘れているかもしれない、と考え始めると何も言えなかった。……夏祭りであんなバカなこと、言わなきゃよかった。あれがなかったら何も気まずいことなんてなく友達でいられたのに。

「じゃあ撮影お手伝いチームのみなさん、じゃんじゃんお客さん集めて、素敵な写真じゃんじゃん撮ってきてください。よろしくお願いします！」

十時直前の最終ミーティングでクラス委員に激励《げきれい》され「はーい」と朱里たち撮影お手伝いチームは声をそろえた。これから各チームは撮影希望のお客さんについて校内をまわり、撮影をする。朱里は並んで話を聞いていた和臣に、精いっぱい明るい笑顔を向けた。

「お客さんに喜んでもらえる写真が撮れるように、がんばろうね」

和臣は笑みを浮かべて応えた。

「うん、そうだね」

和臣の笑い方は以前のような屈託のないものとは違う、どこかよそゆきのものだったけれど、ひさしぶりにスムーズに言葉を交わせてうれしかった。——いいんだ、これで。なるべく彼に気まずい思いをさせないように、いつも通りの私でいよう。切り替えが速くて、何も引きずったりしない、そういう私で。

そうすれば、少なくとも、和臣と友達でいることはできる。

クラスの出し物はメンバーが交代で接客に当たり、空き時間は自由に文化祭を楽しんでいいことになっている。朱里と休憩時間がずれてしまったのは残念だったが、それでも由奈はカラフルでにぎやかな廊下をはずむ気分で歩いていた。ふしぎだ。前までの自分だったら、ひとりで文化祭を見て回るなんて心細くてできなかったと思う。でも、好きな人がいるというだけで、心細さより楽しみな気持ちのほうがずっと強くなる。

めざすは一年一組。理央に会いに行く、というのが今日の第一目標だ。そしてもし理央の都合がよければ、一緒に文化祭を見て回ろうと誘うのが第二目標。

そして一年一組に到着し、教室をのぞいた由奈は面食らった。

時代劇みたいな着物を着たり、忍者みたいな黒ずくめの装束《しょうぞく》を着たり、お姫様みたいなドレスを着ていたり。とにかく目にもあざやかな謎の仮装集団がたむろしていたのだ。

「市原さん」

仮装集団の中から手を振りながら出てきたのは我妻だった。警察官、それも海外ドラマの保安官みたいな制服を着た我妻を、由奈はまじまじと見つめた。

「我妻くん、おまわりさん似合うね」

「ほんと？　うれしい」

笑顔がやわらかい我妻は、性格もそのまま温和でやさしい。克服しようと努力はしているがまだ男子には臆してしまう由奈でも、気負わず接することができる貴重な人だ。

「えっと……一年一組ってどんなことするの？　理央くんにも訊いたんだけど、どうしてか全然教えてくれなくて」

「あー、なるほど。あのね、うちのクラスの連中、こんなふうにコスプレして校内まわってるから、見つけたら声かけて、これにスタンプもらって」

これ、と我妻がさし出したのは文庫本くらいの大きさのカードだった。『ドロボー』とか『金太郎《きんたろう》』とか『海賊王』というようにコスプレの項目が書いてあり、その下に空欄《くうらん》がある。我妻は『ポリス』の欄にスタンプを押してくれた。なるほど、これは面白そうだ。

「じゃあ、理央くんもコスプレしてるの？」

「うん。でもあいつ、たぶん見つかりにくいところにいるよ。なんか、好きな子に見られたら恥ずかしいって言ってた」

「……好きな子……？」

「俺は似合ってると思うんだけどなー」

急に我妻の声も、まわりの生徒たちのざわめきも、よく聞こえなくなった。考えてみれば何もふしぎじゃない。理央は魅力的だし、だから彼のことを好きな子はきっとたくさんいるし、理央が誰かを好きになることだって、そうだ、当然ある。

それなのに、理央に好きな子がいるということが、すごく、すごく、ショックだった。

「市原さん？　どうかした？」

我妻が心配そうにのぞきこんでくる。由奈は必死に笑顔を作ろうとしたけれど、失敗して泣き笑いみたいな顔になってしまうのがわかった。

「ううん、何でもないの。そっか、じゃ、理央くんに会うのは難しいかな」

さっきまでの楽しみで前向きな気持ちが、風に飛ばされたみたいにどこかに行ってしまった。理央に会いたくてここまで来たけれど、理央に好きな子がいるのなら、すでに一度告白して断られている自分なんかが彼のまわりをうろついていたら迷惑かもしれない。もしかして、ずっとそうだったのかもしれない。理央くんはやさしいから口には出さなかっただけで、私なんんか。

「――よかったら、一緒に捜す？」

うつむいていると、そっと声がかかった。え、と顔を上げると、目の合った我妻はほほえんで由奈の手を握った。

「え……っ？」

「行こう」

手を引いて我妻は颯爽《さっそう》と歩き出す。廊下は人とぶつからずに歩くのが難しいくらい混雑しているのに、器用に人の間を縫《ぬ》ってすいすいと進んでいく。男子と手をつなぐのなんて、突然の雨からのがれるために理央に手を引かれて走った時以来だ。由奈はとまどいながら警察官の制服を着た我妻の背中を見た。我妻くん、もしかして、迷子を保護者のところにつれて行くような気分なのかな？　おまわりさんなだけに？

すれ違う生徒が時々こっちに視線を向けて、ひやかすような、はやし立てるような、そんな笑みを向けてくる。「あの、我妻くん、手……」とあわてて声をかけたが、まわりの騒がしさのせいで聞こえないのか、我妻は手を放してくれる気配はない。諦めて由奈はすれ違う生徒や一般来場者の顔を見つめた。

こんなにたくさんの人がいるのに、会いたい人の姿は、どこにも見えない。


コスプレメンバー解散時に申し渡されたルールはひとつだった。『完全に姿が見えなくなるところに隠れてはいけない』。ということは、身体《からだ》の一部でも見えていればルール違反にはならないわけだ。

頭半分だけを外に出してツツジの茂みに座りこんだ理央は、空を見上げてため息をついた。無駄に清々しい秋晴れだ。こんな空の下で由奈と文化祭を楽しめたら最高だったのに、こんな姿じゃ、とてもじゃないけど会うことはできない。

展示物や出し物があるのは九割がた校内とメインストリートなので、グラウンドへの通り道のここにはほとんど人の姿がない。時々おしゃべりする女子のグループや、校外からやって来た中学生っぽいあどけない集団なんかが通りすぎていく程度だ。そして彼らはみんな文化祭に夢中で、茂みにひそむ理央にはまったく気づかなかった。大成功だ。この調子で今日が終わるまで誰にも見つからなきゃいい。

それにしてもひまだな、と校舎の窓に目をやったその瞬間だった。

一階の廊下を見覚えのある顔が通りすぎた。警察官の制服を着た我妻と、その後ろをついていく制服姿の由奈。そして目の錯覚《さっかく》でなければ、二人は、手をつないでいた。

「……はっ⁉」

思わず理央は茂みから立ち上がって二人を目で追った。由奈と、彼女の手を握った我妻は、すぐに人ごみにまぎれて見えなくなってしまった。

何だ。我妻あいつ、何をしてんだ。由奈ちゃんをどこにつれてく気なんだ。そこで何をする気なんだ。

そこまで考えた時には、もう茂みをとび出して全力で駆け出していた。

昇降口にまわって校舎に入ると、掲示板で校内案内を見ていた女子の三人組が目をまんまるくして理央を凝視し、顔をよせ合って小鳥みたいな笑い声をあげた。「すご、おもしろい！」「タイツぴっちぴち」「顔はすごいかっこいいけどね」とか何とかささやき合うのが聞こえたが、今はそんなものにもかまってられない。まとわりつく長いマントをはねのけながら、理央はときおりぶつかりそうになる人を押しのけて、我妻と由奈が消えた方向をめざして走った。

朱里に想いを伝えようと決心して、でもそれが思いがけない出来事によって断たれた時、内臓が焼けるほど後悔《こうかい》した。どうしてもっと早くに行動を起こさなかったのか。そうすれば何かが違っていたのではないか、と。

平和に続いてるように思える毎日は、でも本当はいつ何が起きるかわからない不安定なところに成り立っている。いつか、いつかと胸の中で温めていたものが突然の出来事でだめになってしまったって、誰も容赦《ようしゃ》してくれないし、やり直させてもくれない。

だから本当に大切なことは『いつか』なんて待ってたらだめなんだ。

わかってたのに、また俺は足踏みしてた。心変わりが早すぎるって思われるんじゃないかとか、一度告白を断ってるくせに何様だよとか、ぐだぐだ考えてばっかりだった。

今もし君が別の誰かを好きだとしてもいい。受け止めてもらえなくたっていい。ただ、知ってほしい、この気持ちを。もう二度と、伝えることすらできない後悔はしたくない。

だから全力で走れ、どんなに笑われても。

*

我妻に手を引かれるまま、校舎の端にある非常階段までやって来た。このあたりには展示物もないので、ひと気もない。もう声も届くはずだ。由奈はおずおずと声をかけた。

「我妻くん……あの、手」

「あっ、ごめん」

我妻はあわてた様子で手を放し、由奈も頬《ほお》が熱いのを感じながら手をさすった。嫌だったわけじゃない。でも、手が離れた時、やっぱり少しだけほっとした。

「理央くん、見つからなかったね。やっぱり見つかりにくいところに隠れてるのかな。でも、そんなに嫌って、どんな恰好《かっこう》……」

沈黙が気まずくて明るい声を出してみるけれど、まわりがあんまり静かで、声が途中でしぼんでしまった。我妻が何も言ってくれないことも心細かった。いつも委員会の時に会う我妻は、自分からあれこれ話を振ってくれる人なのに。

うつむき加減だった我妻が、まるで意を決したような目で見つめてきた。

「市原さん、好きな人いる？」

「え⁉　――うん」

突然そんな質問をされてまごついたが、肯定の返事は自分でも不思議なくらいするっと出た。好きな人はいる。ずっとその人が好きだ。

「その人も、市原さんのこと好きなの？」

その問いかけは胸に小さく刺さって、由奈はものがなしい気持ちで笑いながら首を横に振った。それを見た我妻もほほえんだ。

「そっか。俺もだ」

「え？」

「そんなさみしそうな顔するくらいなら、俺と一緒にいようよ」

我妻が腕をのばしたと思ったら、もう一度手を握られた。さっきよりも強く、しっかりと、言葉で表しきれない気持ちを伝えるように。

「俺、今日、市原さんと一緒にいたいって思ってる」

――これ、まさか、告白？

頭がまっ白になって、由奈は立ちつくしたまま我妻を見つめることしかできなかった。

＊

「じゃあ、俺がカウントするんで、ゼロで思いっきりジャンプしてください。で、山本さんは……」

「紙吹雪《かみふぶき》、準備万端です、いつでも大丈夫！」

朱里がカゴを抱えたまま脚立《きゃたつ》に乗った状態で手を振ると、和臣も手を上げて了解のサインを返し「じゃあいきます。5、4、3」とカメラをかまえながらカウントを始める。グラウンドの陸上競技トラックの前に並んだ二年生の女子三人グループは、しっかりと手をつないでグッと膝に力をためて「ゼロ！」という和臣の声に合わせて笑顔でジャンプをした。タイムラグを考えてカウント1のあたりで朱里が脚立の上から散らした紙吹雪も、いい感じに彼女たちの上にひらひらと舞った。

「うん、いい……よね」

「だね……笑顔いいし」

「いいと思う」

和臣からカメラを渡されて写真データを見た彼女たちはしきりに頷《うなず》き合うものの、朱里は「いいね」と笑い合う彼女たちの表情にいまひとつすっきりしないものを感じた。わかるのだ、こういうことは。同じ女子だから。

「でもこの写真、ちょっとだけジャンプのタイミングずれちゃってませんか？　こういうの、やっぱりきれいにそろったほうがいいと思うんですけど」

「ん……でも、何回も撮り直してもらうの悪いし……」

「そんなの気にしなくていいですよ」

きっぱりと言ったのは和臣だ。

「これ一応コンテストだし、いい写真撮るのが俺たちの仕事ですから。何回でもやって満足いくもの撮りましょう」

人に手を貸すことをためらわない言葉は、とても和臣らしかった。俺たち、と言ってもらえたこともうれしくて、好きだな、と朱里は胸の中でささやくように思った。

それから写真は六回撮り直した。ジャンプのタイミングを完全にそろえるのはなかなか難しく、一回タイミングがそろった時は三人のうちの一人が目をつむってしまったのだ。

「うちはいいよ、このままで」「だめですよ、みんな笑顔じゃないと！」「満足いくもの撮ろうって言ったじゃないですか」と遠慮《えんりょ》する二年生を叱咤《しった》して、撮影を続けること七回目。ついに「おっ」と写真データを確認した和臣が力のこもった声をあげた。

みんなで和臣の手もとをのぞきこむと、彼女たち三人のジャンプはきれいにそろい、おまけに全員とびきりの笑顔だった。背景の青空は美しく晴れわたっているし、朱里が散らした紙吹雪もきれいに映りこんでる。

「やばい、これ優勝しちゃうかも！」

「ありがと、二人とも！」

先輩がたはみんな大喜びしてくれて、朱里までうれしくなった。人の役に立てることは気持ちのいいものだ。と、先輩たちの一人が、カメラを見つめたまま唇を引き結んでいることに朱里は気がついた。もしかして何か気に入らなかったんだろうか、と思った時、彼女が鼻の頭を赤くして涙をこぼしたので驚いてしまった。和臣もびっくりした顔で「え、何かまずかったですか？」と訊ねると、先輩は「あ、ううん」とあわてたように泣き笑いしながら涙をふいた。

「じつは私、家の事情で来月転校することになっててさ。最後にすごくいい写真撮れてほんとによかったなあって……すごくいい思い出できたよ。ほんとにありがと」

最後のお礼は朱里と和臣、そして一緒に写真を撮った二人の友達にも向けられた。とたんに友達の二人も涙目になって「やだもー」「やめてよもー」と転校してしまう彼女を肘で小突く。それはとてもいい光景で、朱里はついもらい泣きしてしまった。

「山本さん、ティッシュいる？」

「いえ、自分のあるんで、どうぞおかまいなく……」

目や鼻が赤くなっているのを見られるのは恥ずかしいので、朱里は和臣に背中を向けながらティッシュで目や鼻をぬぐった。つかのま和臣への気まずさを忘れてしまうくらい夢中で懸命だった時間の清々しい余韻《よいん》がまだ胸に残っていて、朱里は和臣に笑いかけた。

「あんな大切な思い出づくりの役に立てて最高だったね」

和臣は思いがけないものを目にしたみたいに一瞬こちらを食い入るように見つめてから、

ふいと空に視線を向けた。

「……そうだね」

ブルッとスカートのポケットの中でスマホが震えたのはその時だ。

由奈からのＬＩＮＥが入っていて、内容を見た朱里は驚いた。『緊急事態！』というスタンプと、非常階段まで来てほしいというメッセージ。何かあったらしい。

「どうしたの？」

「よくわかんないんだけど、由奈が大変みたいで……あの、ごめん」

「いいよ。もうすぐ交代だし、残りは俺一人で大丈夫だから」

和臣はすべて伝える前に察してそう言ってくれた。ありがとう、と手を振りながら朱里は駆け出した。緊急事態なんて、ただ事じゃない。いったいどうしたんだろう。

グラウンドから一度昇降口に戻って上履《うわば》きに履きかえたので、非常階段に着くまでにはけっこう時間がかかってしまった。展示物や出し物がないこのあたりはしんとしていて、笑い声や歓声が遠く聞こえてくる程度だ。息を切らせながら朱里は声を張ってみた。

「由奈ー？　いるー？」

「……朱里ちゃん！　こっちこっち」

階段の脇の埃《ほこり》っぽい空きスペースに由奈がしゃがみこんでいた。どうしてそんなところに、とびっくりしつつ朱里は由奈に近づいた。

「どうしたの？　緊急事態って」

「どうしよう、私、告白されちゃった……」

由奈の声は蚊が鳴くようだった。

「え、誰に⁉」

「我妻くん……」

その男子生徒の顔はすぐに浮かんだ。理央の友達の、髪がふわっとした笑顔のやわらかい人だ。由奈と彼は委員会が一緒で、親しそうに話していた。

由奈は見るからに狼狽《ろうばい》しきっている。朱里はとりあえず由奈の腕を引いて階段に腰かけさせた。ここなら人も来ないから、ゆっくり話しても大丈夫だ。

「私、告白されたの生まれて初めてで、すごいびっくりして……正直、すごくうれしいって思っちゃって……」

「そりゃそうだよ、それは誰だってうれしいよ。……それで、我妻くんには何て？」

「……断っちゃった」

由奈の小さな小さな声がリノリウムの床に落ちて、儚《はかな》い音を立てた気がした。

「我妻くんね、私のこと『前とすごく変わった』って言ってくれたの」

「うん……」

「そんな私を好きだって言ってくれた。でも、私が変われたのは、理央くんを好きになれたからだって改めて気づいたの」

そう、由奈は変わった。まともに目も合わないくらい引っ込み思案で、本当に高校生かなと思うくらい恋に奥手だった由奈が、理央を好きだと打ち明けてくれた日からみるみる強く変わっていくのを、一番そばで見てきた。

「この気持ち、今すぐ理央くんに伝えたいって思った」

由奈はこちらを向いて、不安と、でもそれを上回る強さを秘めた目で見つめてきた。

「だから、朱里ちゃん、私の背中押してくれる？」

そんなのは訊くまでもないことで朱里はほほえんだ。

「うん」

階段を下りた由奈の背中に、そっと両手を当てる。神様がいるかはわからない。でも、もしいるのなら、由奈を無事に理央のところまで導いてほしい。それだけでいい。そこから先は、由奈は絶対に自分の力でやりとげる。

「朱里ちゃんは私の安全基地だね」

ほほえみのこもった声で由奈がささやいた時、その背中を願いをこめながら押し出した。がんばれ、と。

「ありがとう」

笑顔で一度だけふり返って走っていく由奈を、朱里は立ちつくして見送った。

由奈。私ね、本当はずっと、由奈がうらやましかったの。

傷ついても、涙が涸れるくらい泣いても、それでもまっすぐ理央を好きって言える由奈がまぶしかった。たまに見てるとつらくなるくらい、うらやましかった。

私も由奈みたいになれたらって、本当はずっと思ってた。

5

休憩時間といっても、ひとりになってみるととくに見たいものもしたいことも思いつかなくて、朱里はなんとなく校内を歩いていた。

「あ、朱里！　いたー！」

突然名前を呼ばれて驚くと、吹き抜けのロビーに設置されたカフェスペースでブンブン手を振っている女子が二人いた。ショートボブの活発そうな子と、髪の長い大人っぽい子。どちらも制服ではなく私服を着ている一般来場者だ。彼女たちの顔を見間違えるはずもない、朱里は驚いて声を張り上げた。

「花乃《かの》、栞《しおり》！」

「ひさしぶり」

「来ちゃったー！」

　こちらへ引っ越してくる前に通っていた中学校の同級生たちだ。花乃と栞はとくに仲がよくて、学校にいる時はいつも一緒に行動していた。手を握り合って再会を喜びながらも、まだ信じられなかった。

「え、どうしたの？　どうして？」

「文化祭のこと理央から聞いてさ。あ、亮介《りようすけ》もいるよ」

　ほら、と花乃が指さすのと同時にとなりのテーブルで背の高い細身の男子が立ち上がって、朱里は小さく息をつめた。

　亮介は、中学三年の時、親同士が再婚して理央と義理の姉弟になったあとに付き合った人だった。告白してきたのは亮介からだ。ただ、高校入学と同時に引っ越すことが決まったのをきっかけに別れた。別れを切り出したのも、やっぱり亮介のほうだった。

「亮介、くん……ひさしぶり」

「ん」

　なんとか笑顔を作って挨拶《あいさつ》してみたものの、亮介は言葉とも言いがたい音を返してきただけだった。いや、確かに亮介くん、わりと無口な人だったけど。それでも、なんかもうちょっと言うことないの……!?

「もー、何なの二人とも、もっと会話会話！　別れたって友達なんだからさ！」

「あ、あたしらちょっとそこの占いに行ってくるから、亮介は朱里と待っててよ」

花乃と栞はやけにはしゃいだ笑顔でいい、朱里が引き止めるひまもなく、カフェスペースのお向かいに看板が出ている『めっちゃ当たる占いの館』に入ってしまった。二人ともいらないのに、そういう気の利《き》かせ方……！

亮介と取り残されてしまい、気まずい沈黙が降りた。周囲にたくさん人がいて騒がしいだけに、なおさら二人の間のぎこちなさが際立《きわだ》つ気がして、朱里は意味もなく髪を指先で梳《す》いた。とりあえず椅子《いす》を引いて、亮介と一緒のテーブルに着く。

「……なんで来たの」

「別に。断る理由なかったし」

あいかわらず亮介の言い方は素っ気ない。付き合い始めた頃は、このクールなところが同級生の男子よりも大人びてかっこよく思えた。でも別れるまぎわには、そのクールさに、彼にとって自分はさほど重要な存在じゃないんだと思い知らされるような気がした。

また会話がとぎれて気まずくなるかと思ったら、今度は亮介から口を開いた。

「どんだけ遠いのかと思ってたけど、たいした距離じゃなかったんだな」

以前暮らしていた街からここまでは、電車を乗り継いで一時間半程度だ。確かにもっと遠い場所なんていくらでもあるし、さいわいどちらの街も交通の便はいいから、移動にもさほど苦労しない。でも、自分たちは、結局その距離が原因で関係を解消してしまった。

「まあ高校生にとっては、それでも遠く感じちゃうよね」

「でも俺らが別れたのって、距離のせいだけじゃないけどね」

まるで原因はおまえにもあったと言われたような気がして、神経を逆なでされた。亮介が何の後ろめたさも見えない涼しい顔をしているのも腹立たしかったのかもしれない。

「言っとくけど『別れよう』って言われた時、私はまだ好きだったよ」

だからかなり傷ついたし、おまえには好くほどの値打ちがないと言われたような気もした。部屋で声を殺して泣きもした。立ち直るまでには長い時間と努力が必要だったのだ。それなのに距離のせいだけじゃないとか、まるで二人の関係が壊れたことの非はこちらにあるかのような言い方は心外だった。それは確かに至らないところもあっただろうけど、非があるならそれはどちらにも等しく言えることのはずだ。

ついにらみつけると、亮介は初めてまともに視線を合わせた。一重《ひとえ》まぶたで切れ長の、何が起きても動揺《どうよう》を見せることのない目だ。

無言でしばらく見つめた亮介は、深く長いため息をついた。

「いっつも、一番大事な時には言わないで、事がすぎてから言うよな、山本って」

「え？」

「いつだってそうなんだよ、山本は。自分と同じだけの気持ち返してもらえなかったら、赤っ恥かくとか思ってんでしょ。だから『私はそこまで本気じゃない』みたいな態度になるんじゃないの？」

心臓に釘を突きたてられたような衝撃と一緒に、過去の自分の言葉がよみがえった。

『わかった。亮介くんが別れたいなら仕方ないし』

学校帰りに立ち寄ったカフェで突然話を切り出された時、そう答えた。なるべく動揺が表に出ないように取り繕《つくろ》って、涙なんて絶対見せないように身体《からだ》中に力を入れて、いっそ素っ気ないくらいの声で。私はそこまであなたに執着していたわけじゃないと、だから別れたいと言われても別になんともないと示すのに必死だった。――なぜ？

あの時も、そうだ。

『私たち、付き合ってみませんか？』

『だって乾くん、私のこと好きじゃないですか？』

『私、切り替え速いし、ほんと忘れて！』

付き合ってほしいと本音を言えずに、付き合ってみませんか？　と。

好きだと言えずに、言うに事欠いて、私のこと好きじゃないですか？　と。

そして相手に好かれてなかったとわかったら、忘れてほしいと何度も言った。こっちにとってもあれは別にたいしたことじゃなかったのだと主張するみたいに。

「なるべく自分がカッコ悪くならないようにって。そうやって上から目線じゃないと自分を保てないとか、中身空《から》っぽすぎでしょ」

自分の乾いた鼓動が耳に響いている。それがどんどん速く大きくなるから、周囲の音がよく聞こえない。けれど亮介の声だけは、くっきりと聞こえた。冷たい響きの奥に隠れた、もどかしく、かなしげな響きも。

「──やっぱ来んじゃなかった」

亮介が立ち上がり、たくさんの人が行き交う廊下《ろうか》の向こうに消えていく。それでも動けなかった。動けないまま、スカートの上においた手を握りしめていると、じわりと視界が熱くにじんで何も見えなくなった。

胸が痛い。投げつけられた言葉がガラスの破片のように刺さって、血を流している。

こんなにショックなのは、それが全部本当のことだとわかっているからだ。

うすうす自覚していながら、直そうとも変わろうともしてこなかった自分の弱さと醜《みにく》さを今逃れようもなく突きつけられて、朱里は止まらない涙を隠すために顔を覆《おお》った。

＊

担当時間の終了まぎわにどこかに行った朱里は、結局戻ってくることはなかった。一度教室に戻って次の担当メンバーに交代してから、和臣は遅めの昼食をとるために外のメインストリートに向かった。

三年生が企画した模擬店《もぎてん》はなかなか本格的で、焼きそばやたこ焼きなんかの定番から、シシケバブなんてレアメニューまである。和臣は腹にたまる主食系をひと通り食べてから、フランクフルトをかじりながらぶらぶらと校舎に戻ろうとしていたが。

「カズー!!」

　大声にびっくりしてふり返った和臣は「うはっ」とふき出した。

「理央、すげーなカッコ！　撮っていい？」

「撮んなバカ！　それよりおまえ、今すぐ由奈ちゃんにLINEしてどこいるか訊いてくんない？　俺、ロッカーにスマホ置いてきちゃって」

　由奈？　と意表をつかれた。理央が由奈に何の用なのだろう。朱里ならわかるけど。

「わるい、俺も教室に置いてきた」

「なんだよもう！」

「由奈に何かあったのか？　さっき山本さんも『由奈がなんか大変みたいだ』って言って走ってったけど」

　それを聞いた理央の反応は激しかった。頬《ほお》を硬化させて青ざめた。

「……やべーなマジで」

「いやだから何が？　もしかして山本さんもなんか危ないのか？」

　理央があまりに緊迫しているからこっちまで焦ってきた。それなのに理央ときたら、

「朱里は別にいい、あいつは問題なし。とにかく由奈ちゃんなんだよ今は」

　イライラとあたりを見回しながら朱里のことなど毛ほども心配していないように言うから、今までずっと胸に押し込めていたものがいきなりぶわっとこみ上げた。

「おまえほんとに山本さんのこと好きなのかよッ？」

　理央は、いっそあどけないくらいにきょとんとしていた。そして「は？」と鼻の付け根にしわを寄せた。

「なんでおまえがそれ……てかいつ情報だよ？」

「はっ？」

「俺はもう過去は乗り越えた。女神のおかげで」

　どうしよう、お互い日本語をしゃべっているはずなのに理央の言っていることが一ミリもわからない。ものすごい恰好《かっこう》をしながら真剣なまなざしで胸に手を当てる理央は、もういっそ神々《こうごう》しいくらいだ。

「とにかく時間ないから俺もう行くから」

「いや待てって、全然話わかんな……あっ、由奈？」

　グラウンドの方向に向かおうとする理央の腕をつかんだ時、校舎の昇降口付近の人波の中に、一瞬由奈の姿を見た気がした。長い髪をゆらして、焦った様子で走っていた。

「どこ⁉」

「今、中庭のほうに走って――」

「サンキュ、カズ！」

理央はマントをひるがえして即座に駆け出した。ものすごい速さで遠ざかる友達の背中を、和臣はあっけにとられて見送った。

理央くん、どこ？

もう校内中を走り回っているのに、理央は見つからなかった。一年一組にも行って理央が戻っていないかクラスの子たちに訊いてみたが「理央、朝から見てないよね」「衣装かなり嫌がってたからなー」「まさか帰ってないとは思うけど」という感じで目撃情報は得られなかった。よっぽど人目につかないところに隠れているんだろうか。

脇腹が痛くなってきて、由奈は息を切らしながら足を止めた。――やっぱり、やめようか。伝えようと思っていることなんて、たぶん理央からすれば「何それ？」という感じだろうし、それなら今日じゃなくたって、またいつか落ち着いた時に伝えれば。

いつの間にか意識を支配しようとしていた弱気を、由奈は手を握りしめて追い払った。

いつかじゃだめ。今じゃなきゃ。

気持ちを伝えてもらって、でもそれを断った時、我妻は傷ついた表情を浮かべて、それでもほほえんでくれたのだ。

『わかった、ありがとう。市原さんもがんばってね』

そして朱里も背中を押してくれた。だから、がんばろう。がんばったって思ったとおりの結果が待っていないことはある。それでも、きっと一生懸命走ることには意味がある。

大きく息を吸い込んで由奈はまた駆け出した。廊下にあふれる人の間を縫《ぬ》い、ぶつかってしまった人に「ごめんなさい！」と謝りながら昇降口まで来て、ふと思った。校舎の中はずいぶん捜したけど、外はまだだ。中庭なら木や花の植え込みがたくさんあって隠れる場所も多い。もしかして。

急いで靴《くつ》を履《は》き替えて、由奈は外にとび出した。明るい陽射しがいっきに降り注いで、一瞬目がくらんだ。人の間を縫って走りながら中庭に到着すると、そこには幻想的な光景が広がっている。色とりどりの布が、二階の窓と窓の間から渡されたワイヤーから垂らされ、中庭の空間を迷路のようにしているのだ。これは染織部《せんしょくぶ》の出し物で、この布もすべて部員が手染めしたのだそうだ。

美しい薄布は、風が吹くたびにふうわりとひるがえって視界をさえぎり、童話に出てくるふしぎな国に迷いこんだような心地にさせる。方向音痴《おんち》の由奈はだんだん自分がどっちから来たのかもわからなくなってきて焦った。どうしよう、ここから出られなくなったら。理央くんを捜さないといけないのに。

ひときわ強く風が吹き、青い布が行く手をさえぎるように大きくひるがえった。びっくりして由奈は思わず足を止めた。空中で優雅な生き物のように波うった薄布が、風の力を失ってまたふうわりと視界から消えた時。

王子様がいた。

やわらかそうな髪と、長いマントを風になびかせて、誰かを捜すようにしきりにきょろきょろしている。世界で一番素敵な、私の王子様。

「理央くん！」

ありったけの声で呼ぶと、はじかれたように理央もふり返り、目を大きく開いた。

「由奈ちゃん……ひとり？」

ほかにも誰かいるのではないかというように由奈の後ろを見る理央は、金糸模様のきらびやかなチュニックに白タイツ、黒のブーツ、そして真紅のマントをはおっている。まるで小さな頃から大好きだった絵本の王子様が現実の世界に抜け出してきたみたいだ。みとれていると、視線に気づいた理央が気まずそうに背中を向けた。

「ごめん、こんな恰好で……」

「ううん、かっこいいよ」

本心だったから、ちょっと声に力がこもりすぎたかもしれない。目をまるくしてふり向いた理央に、由奈は一歩近づいた。

やっと伝えられる。ずっと胸にあふれていたこの気持ちを。

「私、理央くんのこと捜してたの。理央くんに、お礼が言いたくて」

「お礼?」

「私、理央くんのおかげでがんばれたんだ。ふられて、かなしくて、いっぱい泣いたけど、怖くて告白もできなかった前の自分より、今の自分のほうがずっとずっと気に入ってる」

以前は自分が嫌いだった。たいした特技も取り柄もなくて、印象がうすくて、引っ込み思案で内気で、人と目を合わせることすらできない。私なんか、といつも思っていた。

でも理央を好きになって、彼に値する自分でありたいと願った時、変わることができた。不安でも、怖くても、一歩を踏み出す勇気を持てた。『私なんか』とは、もう思わない。

「だから、ありがとうって言いたかったの」

言えた。ちゃんと目を見て言えた。それがうれしくて、目の前にいる人がやっぱり心から大好きで、笑みがこぼれた。

理央はとても驚いたような顔でこちらを見つめていた。そこで由奈は重要なことに気づいた。そういえば理央はさっき、しきりにきょろきょろとあたりを見ていた。

「ごめん、理央くん、誰か捜してた? 私、つい呼び止めちゃって――」

「うん、捜してた。さっきまでは」

え、と声をこぼすと、きれいな瞳に強く見つめられた。

「ずっと由奈ちゃんを捜してた」

「え……どうして」

理由がわからなくてきょとんとすると、理央は一瞬かわいらしいものを見たようなやさしい笑みを浮かべた。でも次には驚くほど真剣に表情を引き締めた。

「一回ふっといて、何を今さらって思うかもしんないけど、でも、もう一回俺のこと好きになってほしい」

声も出せずにいると、理央はまっすぐに目を見つめて言った。

「俺、由奈ちゃんが好きだ」

大好きな人の声で紡《つむ》がれた言葉は、ゆっくりと、深く、胸にしみこんでいった。

目の奥と鼻の奥が熱くなって視界がにじむ。ちゃんと彼の顔を見つめたいのに、これじゃ見えない。とても信じられなくて、問いかけた声にも涙がまじった。

「……夢じゃないよね？」

「うん、夢じゃない」

理央が、あの大好きな笑顔を見せてくれた瞬間、涙があふれ出した。

最初に会った時は、別の世界の人だと思っていた。頭がよくて、器用で、誰よりも素敵でたくさんの人に好かれて、何もかもが自分なんかとは正反対だと思っていた。

でもその人が、一生懸命私をさがして、私を見つけて、『好き』って言ってくれた。

私たち、ちゃんと、同じ世界にいる。

涙が止まらなくて、どうしても止まらなくて、理央くん、とやっとそれだけ呼べた時、風が吹きぬけて頭上から垂れていた美しい布がいっせいにワルツを踊るようにひるがえった。さらに驚いたのはその次だ。いったいどんな出し物なのか、白い紙を小さく切った紙《かみ》吹雪《ふぶき》までが降ってきた。ひらひらと美しい白いかけらが、雪のようにあたり一面に舞い散る。まるで自分たちを祝福しているみたいに。うわ、と理央が破顔《はがん》した。

「なにこれ、すごくない⁉」

「うん！」

あんまりきれいで、あんまりしあわせで、理央と顔を見合わせて笑った。

それからも涙は全然止まらなくて、最後に理央はしょうがないなあというように笑いながら、ぎゅっと抱きしめてくれた。

＊

誰かが降らせた紙吹雪が季節はずれの雪のように舞い散った時、声をあげて笑顔になった理央と由奈を、とっさに和臣はカメラで撮った。

理央を追いかけて中庭まで来てみたら、そこには由奈もいて、さらには二人が自分たち以外の何も目に入らないような雰囲気《ふんいき》でお互いに告白し始めるという展開には頭がまったく追いつかなかったが、とにかく自分が邪魔だということはわかったので早足で退散した。

校舎裏のひと気のない用具置き場まで来た和臣は、脱力してしゃがみこんだ。

整理しよう。

数カ月前、理央は朱里にキスしていた。理央は朱里が好きだった。これは間違いない。しかし今の理央は「過去は乗り越え」たらしい。そして、たった今、由奈に「好きだ」と告白した。ということは、理央に過去を乗り越えさせた「女神」とかいうのは由奈なのか？　そういえば最近、確かにやたらと「由奈ちゃん」を連発してた気がする。

結論。現在の理央の好きな人は、由奈であり、朱里ではない。

「…………なんだそれー……」

じゃあ今まで俺がやってたことは何だったんだよ？　理央の好きな人を好きになるのはだめだって散々ブレーキかけて、だから夏祭りに告白された時だって――

それ以上考えても不毛でむなしい気持ちになるだけなので、ため息をついて思考を切った。のろのろと映研の一眼レフカメラを持ち上げて、さっき撮った写真を見返してみる。

美しい布がゆれ、雪のような紙吹雪が舞い散るなか、顔を見合わせてこのうえなく幸福そうに笑っている理央と由奈。

それはまったく、あれやこれやの不満や腹立ちがきれいさっぱり清算されてしまうくらいにいい写真で、和臣はそっと苦笑した。

「あ、山本さーん。紙吹雪ってまだ余ってるー？」

「あっ、ごめん、もうなくなっちゃった……」

「ああ〜、そっか」

「教室に戻ったら追加作っとくから」

「ありがとー！　とりあえずほかのチームにも当たってみる」

廊下《ろうか》で行き会った別の撮影お手伝いチームの子が、あわてた足どりで去っていくのを見つめ、朱里は心の中で手を合わせた。ごめんなさい。本当は紙吹雪の残り、私的流用しました。ほんとごめんなさい。

花乃と栞、そして亮介は一時間ほど前に帰っていった。「ちゃんと話できた？」「二人ともうちらの友達なんだからさ、クラス会とか気まずいのヤだから仲良くね」と二人には言われたが、曖昧《あいまい》に笑ってごまかした。亮介とは結局、あれきり口はきかなかった。

三人を見送ったあとは、ぼんやりと校内を歩いた。今まで見ないふりをしていた自分の醜《みにく》さを突きつけられたショックがまだ抜けていなかったのだ。そして二階に来た時だ。

開け放された廊下の窓からワイヤーが何重にも渡され、そこに美しく染め上げられた薄布が幾枚も掛けられているのが目に入った。その美しさに惹《ひ》かれてふらふらと近づくと、窓の外からよく知っている声が聞こえてきたのだ。

「一回ふっといて、何を今さらって思うかもしんないけど、でも、もう一回俺のこと好きになってほしい」

　窓から身を乗り出すと、中庭の中央あたりに理央と由奈の姿が見えた。

「俺、由奈ちゃんが好きだ」

　そう言った理央の見たこともないほど真剣な表情も、目に涙をためて信じられないというように理央を見つめる由奈の顔も、はっきりと見えた。理央の願いも、由奈の願いも、今叶えられたんだとわかった。

　その瞬間、自分がしてこなかったことへの後悔《こうかい》と、さびしさと、二人への羨望《せんぼう》と祝福が入りまじった形容しがたい気持ちがこみ上げて、持ち歩いていた紙吹雪のかごをとっさに窓の外に出して引っくり返していた。残りの白い紙吹雪はすべて風に舞い上がり、二人の上に降り注いだ。そこから先は、すぐに顔を引っこめたから見ていない。のぞき見するのは悪いし、今の自分には、二人の姿はまぶしすぎたから。

　その後、朱里は教室に戻って私的流用してしまった紙吹雪の追加を黙々と作り、午後四時ごろにはその作業も終わった。文化祭の見学は午後五時までで、教室で簡単なホームルームを終えたら解散となる。それまでの空き時間を、朱里はまた校内をぶらぶらしてすごした。由奈には声をかけなかった。きっと今は、理央と二人ですごしたいだろうから。

　一階のロビーに来た時『青春フォト選手権』という手作りの看板が見えて、お、と朱里は展示スペースに足を向けた。そういえば撮影のお手伝いはしているものの、選手権に出品された作品はまだ見ていなかったのだ。

大きなコルクボードに貼り出された写真は、どれも笑顔にあふれていて、見ているところまで笑みが浮かぶようだった。ひとつひとつの作品を見ていた朱里は、ちょうど展示スペースの真ん中に貼られたその写真を発見した。

紙吹雪のなか、最高の笑顔でお互いを見つめている理央と由奈。

あの時、あの場に、自分以外にも居合わせた人がいたのだ。誰なんだろう。わからないが、それは本当にいい写真だった。理央のこんな無邪気な笑顔、見たことがない。由奈もなんてかわいくて、しあわせそうな笑顔なんだろう。まるでお姫様だ。

ほほえみながらその写真をながめ、なにげなくとなりのスペースに目を移した朱里は、あまりに驚いて声をこぼした。

自分の写真があったのだ。

写真の中の制服姿の自分は、後ろで手を組み、屋上に立っている。それは今日撮られたものではなかった。屋上は今、極彩色のカオスという具合に飾り付けられているはずだからだ。これは——そうだ。青春フォト選手権の撮影場所の下調べをしていた時のものだ。だとすれば、これを貼ることができるのは、たったひとりしかいない。

どうして、この写真を？　何を思ってここに？

ロビーの窓からはオレンジ色の光が射しこみ、スポットライトのように写真の中の自分を照らしている。屋上にたたずむ自分は、何か伝えたいことを伝えられずにいるような、もどかしくさびしげな目をしていた。あの時、彼にはこんなふうに自分が見えていたのだということを、今初めて知った。

――プリントアウトした写真を、ここに貼りつける彼の手を想像する。

うまく言えない。でも、臆病なくせにプライドばかり高くて、そのせいでいろんなものをだめにしてきたこんな自分を、それでも受け止めてもらったような気がした。

ゆっくりと視界をにじませた涙が頰《ほお》に流れおちて、朱里は目もとを押さえた。

今からでも、変わることはできるだろうか？

もっと正直な気持ちで生きられる自分に、正直に生きるための勇気を持てる自分に、自分のプライドよりも人の気持ちを思いやれる自分に。

そして、今よりもう少しだけ好きだと思える自分に変わることができたら。

もう一度、あなたに、あの時言えなかった言葉を伝えたい。

第四章

1

文化祭が終わったからといってほっとするひまはなく、今度は十月の半ばから四日間にわたる中間考査が始まった。「文化祭のテンション抜けなくて全然頭に入んないわ……」「もうちょっとゆっくりさせてほしいよね……」と由奈《ゆな》と言い合いながらなんとか勉強漬けの毎日を乗り切り、中間考査を終えた十一月。今度は模試《もし》が続き、かと思えば月の最終週からは期末考査も始まって「高校ってブラック！」「テスト続きすぎだよね！」と由奈と悲鳴をあげながら必死に勉強した。そして気づけば、もう十二月になっていた。

「えー、みんなは『一年生だし進路とかまだまだ先でしょ』と思ってるかもしれないが、そんなことはまったくありません。冬休み明けの三学期は一瞬で終わるし、そしたらもう二年生で、いよいよ真剣に自分の将来を考えないといけないからな。だから、今回の進路調査は親御さんともよく相談して、よく考えて、年明けに必ず提出してください」

担任教諭が配った進路希望調査票を、朱里は頬杖《ほおづえ》をつきながらながめた。調査票は第一志望から第三志望までの大学名を記入することになっているが、正直どこの大学に入りたいかなんてまだ全然わからない。それに「親御さんともよく相談して」というのも頭が痛い注文だった。今の山本家《やまもと》は、あまりそういう雰囲気《ふんいき》ではないのだ。

担任の話はもうじき始まる冬休みの注意点に変わり、それを聞きながら朱里《あかり》はとなりの列の前方の席に目をやった。黒い学ランを着た和臣《かずおみ》は、右頬を片手で支えて、さっき配られた進路希望調査票をながめている。——和臣は、何になりたいんだろう。やっぱり映画関係の仕事がしたいんだろうか。

「朱里ちゃん、ごめんね、今日……」

「わかってるわかってる、私もすぐにバイト行くから気にしないで」

ホームルームが終わると由奈が申し訳なさそうにやって来たので、朱里は笑って手を振った。文化祭をきっかけに理央《りお》と付き合い始めた由奈は、それ以来理央と一緒に登下校している。好きな人とはなるべく一緒にいたいのは当然だし、最近は理央もバイトを始めたから、なおさら一緒にいられる登下校の時間は大切だろう。朱里からすればクラスでは由奈といつでも一緒にいられるから何も不満はないのだが、律儀な由奈は「ごめん、今日も理央くんと……」といまだに毎日申し訳なさそうにするので、ちょっとおかしい。

十二月も半ばをすぎると街路樹の葉は全部木枯《こが》らしに吹き散らされて、外を歩くと鼻の頭が冷たくなる。学校帰りに書店によって英語関係の参考書をながめてから、朱里は自宅に帰った。玄関にはパートから帰ってきたらしい母の靴《くつ》があり、少しだけ気が重くなった。理央も先に帰ってきていたようで、スニーカーが玄関にそろえてあった。

「……ただいまー」

「おかえり」

キッチンで夕食の準備をしている母は応えてくれたものの声が尖っている。表情も硬くて、まだ機嫌は直っていないとわかった。胃が縮むような気分でリビングに行くと、理央がソファでバイト前の腹ごしらえの菓子パンをかじっていた。「よ」と片手を上げた理央は、朱里が向かいのソファに座ると、ため息まじりにひそめた声を出した。

「いつまで続くのかねー、父と母のケンカ」

「……ごめんね、空気悪くなっちゃって」

「なんで朱里が謝んだよ」

小さくふき出した理央は、菓子パンの袋をくしゃっとまるめてゴミ箱に器用に投げ入れると、立ち上がって伸びをした。

「まあ、そのうち仲直りするっしょ。それより俺は由奈ちゃんとの初クリスマスに向けて全力で稼《かせ》ぐ!」

「おー、がんばれ! 私も稼ぐ!」

「そういや朱里さ、稼いだ金でクリスマスプレゼントあげる相手とかいんの? 俺は一日由奈ちゃんと出かけるから、このままだとおまえ、ぼっちクリスマスに……」

「うるさい、早くバイト行け」

叩く真似《まね》をして追い払うと「いってきまーす」と理央は出かけていった。理央が家の中の暗い空気をやわらげるためにあえて軽い態度を取っているのはわかっている。本当は、わりとまいっているはずだ。朱里自身もそうであるように。

こういう時はむしろバイトという避難先があるのがありがたくて、朱里は私服に着がえてから駅前のベーカリーショップに向かった。高校に入学してすぐに始めたここでの仕事も今ではだいぶ慣れた。クリスマスが十日後に迫った今日は、仕事が終わったあとお店でクリスマスケーキの試食をさせてもらった。このベーカリーショップでは焼きたてパンのほかにも手作りのケーキや焼き菓子も販売しているのだ。

クリスマスケーキはスタンダードな生クリームとイチゴのケーキで、試食させてもらった朱里はミルクのにおいがするクリームやふわふわのスポンジに感動した。おいしい。ものすごくおいしい……！　はっと名案を思いついた。

「あの、このケーキって、私も買えますか？」

「もちろん。社割価格でいいよ」

店長の返事を聞いてうれしくなった。クリスマスイヴにはこのケーキを買って帰ろう。理央は由奈とのデートでいないだろうけど、父と母は夜には帰ってくるはずだ。二人がなぜここのところずっと険しい顔をしてあまり口もきかないのか、理由はわからないが、みんなでこのおいしいケーキを食べれば、きっと気まずい空気もほどけるはずだ。

ひさしぶりにはずんだ気分で帰宅した、その夜のことだった。

「……そんなことは言ってないじゃない！　ただ、私や子供たちのことも考えてよ！」

玄関に入るなり母の尖った声が聞こえてきて朱里は立ちすくんだ。続けて父が何か言うのが聞こえるが、内容までは聞き取れない。靴を脱ぎ、足音を忍ばせて廊下《ろうか》を進む。リビングのドアノブに手をかけようとした時、母の低く押し殺した声が聞こえた。

「――じゃあ、離婚する？」

肩が震えて、ドアノブから手を離した。

どうして？

いつもそうだ。かなしいことがたくさん起きて、それでもそれを乗り越えて、やっと安全で安心でしあわせな場所に出られたと思うのだ。それなのに、またすぐにそれを脅《おびや》かすことが起きる。今度こそ大丈夫だと思っても、いつか必ずそういう時が来る。誰も傷つきたくなんかないし、なるべく笑ってすごしたいし、いつだってみんながしあわせになれるための選択をしてきたはずなのに。

それなのに、どうして？

＊

クリスマスイヴのベーカリーショップは大にぎわいだった。普段でも常連の多い人気店ではあるのだが、桁違《けたちが》いの忙しさだった。予約していたクリスマスケーキの受け取りに来る人もいれば、パンやカットケーキを買う人もいるし、焼き菓子の詰め合わせを贈り物用にラッピングしてほしいという人もいる。ベテランスタッフが店内でそんなお客さんたちを華麗《かれい》にさばく間、朱里は店外に簡易テーブルで作った臨時販売コーナーで通りすがりの人たちに「クリスマスケーキいかがですかー？」と宣伝した。外は寒いし、ずっと立ちっぱなしはきついが、それでも今はやるべき仕事があることがありがたかった。夢中で声を張り上げて、飛びこみのお客さんにケーキを十個買ってもらえた。

二十五日もクリスマスケーキの販売は続くが、二十四日の分が完売した時点で閉店となった。掃除《そうじ》と後片付けをすませて私服に着がえた頃には、もう夜九時半をすぎていた。

「じゃあ、これ、いただいていきます」

帰りぎわにホールで売り上げの確認をしていた店長にクリスマスケーキの代金を払おうとすると、笑って手を振られた。

「お金はいいよ。山本さん、今日すごくがんばってくれたから。クリスマスプレゼント」

「いいんですか？　ありがとうございます！」

「早く帰ってみんなでケーキ食べなさい」

もう一度おじぎして店を出ると、思わず首をすくめてしまうくらい冷たい風が吹きつけた。朱里はマフラーを引き上げて、なるべくケーキの箱を傾かせないように気をつけながら早足で夜道を歩いた。父と母と一緒に、早くケーキを食べたい。

けれど、帰宅してみると、家には誰もいなかった。

パート勤務の母はもちろん、忙しい父でも、普段ならとっくに帰ってきている時間だ。それなのに誰もいない家の中はがらんとしてひどく静かで、朱里は暗いままのリビングで、沈むようにソファに座りこんだ。壁に掛けた時計の秒針の音が、やけに大きく聞こえる。

今朝も、父と母は口をきいていなかった。仕事に出かけていく時、父は行ってきますと言わなかったし、母にいたっては父に、目も向けなかった。

不仲な両親を見るたびに、険悪な空気を感じるたびに、見えない刃物で身体を切られるような心地になる。傷は見えないし、血が流れることもない。でも、痛みだけはくっきりとある。なんだか息をするのすら億劫《おっくう》なほど疲れて、朱里はため息をつきながら目を閉じてソファの背もたれに頭をつけた。

彼の顔が浮かんだのは、その時だった。

時計を見て、こんな時間に迷惑じゃないかと思ったが、なんとなく彼ならまだ起きているんじゃないかという気もした。それに長居をするわけじゃない。二、三分で済む用だ。ほんの少しだけでいい。顔が見たい。ひと言だけ話したい。それだけでいいから。

朱里はソファにかけたままだったコートを着直して、ケーキの箱を抱えて外に出た。エレベーターには乗らなかった。一階下に下りるだけだ。階段を早足で下って、初めて歩く廊下をそろそろと進み『406　乾《いぬい》』というプレートを見つけて、ほっとした。

共有廊下に面した窓が和臣の部屋だ、ということは理央から聞いていた。曇りガラスの向こうは照明が点《つ》いている。よかった、起きてた。朱里は少し緊張しながら、コンコンと窓ガラスをノックした。けれど、しばらく待っても反応はない。白い息を吐きながらスマホをとり出して『今乾くんちの前にいるんだけど留守かな？』とＬＩＮＥを送ってみた。すぐに既読がついて、お、と思っていると窓が開いた。

首にヘッドフォンをかけた和臣は、驚いたように目をまるくしていた。顔を見るのはひさしぶりで、冷えていた胸にふわっと血が通った気がした。

「山本さん。ごめん、映画観てて気づかなくて」

「ううん、こっちこそ急に来たし。あのね、これ、ケーキのお裾分《すそわ》け……」

笑ってケーキの箱を掲《かか》げた時、怒鳴り声が聞こえた。何と言っているかは聞き取れなかったが、若くはない男性の声だった。甲高《かんだか》い女性の声も聞こえる。言い争いをしているのはすぐにわかった。

「ごめん。よくあることだから」

和臣は小さく苦笑してみせたが、手が無意識の動きでヘッドフォンを握りしめるのが見えた。――知っている。こういう時、どれだけ居たたまれないのか。しかも今日は普通の日じゃない、クリスマスイヴなのに。

和臣はどんな気持ちで、耳をふさぐようにヘッドフォンをつけてひとりで映画を観ていたのだろう。

「乾くん！　あったかい恰好《かっこう》してきて！」

和臣は「え？」とまばたきする。朱里はとびきりおいしいケーキの箱を掲げてみせながら、とびきりの笑顔を作った。

「外でクリスマスしよう！」

寒い寒いと言い合いながらコンビニに寄ってフライドチキンと温かいペットボトルのお茶を買って、やばい、寒い、とくり返しながら文化施設の脇にのびる坂道を上った。上り切ったその先は、以前和臣が教えてくれた秘密の高台だ。

野原に設置されたテーブルにケーキとチキンを並べた朱里と和臣は、顔を見合わせた。

「完璧《かんぺき》」

「だね」

そしてペットボトルを開けて「メリークリスマース！」と大声で乾杯した。まわりには誰もいないから遠慮《えんりょ》もいらない。高台の向こうには宝石をちりばめたような夜景が広がっていて、クリスマスツリーにも負けない美しさだ。頭上を仰《あお》ぐと冷たく澄みきった大気の向こうに満天の星空が広がっていて、和臣と二人、宇宙にいるような気持ちになった。

「さっみー！　チキンうまー。さっみー」

骨付きのフライドチキンをかじりながら和臣は何度も「うまー」と「さっみー」とくり返して、そのうちチキンをかじりながらそのへんをぴょんぴょん跳ね始めた。「行儀《ぎょうぎ》わるいなー」と笑っていた朱里は、名案を思いついて立ち上がった。

「さーいしょーはグー！」

「え？　なに？」

「じゃんけんぽん！」

掛け声につられたように和臣はパーを出した。朱里はチョキ。にやりとした。

「勝った」

「なにこれ」

「鬼ごっこしない？　少しはあったかくなるし」

和臣は目をまるくしたあと、口角を引き上げた。

「手加減しないけどいい？」

「ふっ、私意外と足速いですから」

宣戦布告しつつも、和臣は男子だし、まあそこそこ手加減してくれるだろうと思っていたのだ。しかし「よーいどん！」と朱里が走り出し、ちらっと背後をうかがうと、もうすぐそこに和臣が迫っていて驚愕《きょうがく》した。植え込みに追い込まれそうになったから、あわてて急反転したが、和臣はグンとスピードを上げてまわりこみ、タッチしようと手を伸ばしてきた。それをすんでのところでかわして、朱里は必死で走った。このひと本気だよ！　女子相手にまったく手を抜かないよ！　ぎゃあぎゃあ騒ぎながら逃げまわり、そのうちわき腹が痛くなってきて「ちょっと待って……！　たんま……！」と朱里が音《ね》を上げるまで、決死の鬼ごっこは続いた。

「捕まんないなー。山本さん、ほんとすばやいね」

「乾くん、手加減しなさすぎ……！」

こっちはもう息も絶えだえなのに、和臣はちょっと息を切らした程度で「うん、あったまった」なんて笑っている。笑ってくれたことがうれしくて、朱里も笑みをこぼしながら、冷たく清潔な冬の空気を吸いこんだ。見上げた星空が、とてもきれいだった。

同じように星空を見上げていた和臣が「さっき……」とぽつりと言った。

「ごめんね。うちの兄貴、勝手に大学辞めて役者になるとか言い出して、だから親が相当ピリピリしててさ」

「お兄さん、役者目指してるんだ！　すごい」

「でも、その自由気ままな兄貴のせいで、俺がやりたいこと我慢しなくちゃいけなくなる。うちの中でバランス取んなきゃって」

——それは、すごく、よくわかった。

「一緒だ。私も、家の中で自分がどうふるまえばいいかって、そればっか考えてる」

そんな気分ではないのに笑うことも、本心ではない言葉を口に出すことも、見えない刃物で何度も何度も切りつけられるような息苦しい空気の中で暮らすことに比べれば、ずっとマシだった。だからいつも考えていた。自分がどう行動すれば一番誰も傷つかないのか、波風立たずにまるく収まるのか。

和臣がこちらを見つめて、静かにほほえんだ。

「俺たち、同志だね」

和臣は、きっと、特別に思うこともなくその言葉を使ったのだろう。

でも「同志」と言われたことが、切ないほどうれしくて、胸がつまった。

「乾くんのやりたいことって何？」

「え？」

「さっき言ってたじゃん。将来の夢は？」

「俺は——」

和臣は言いかけた言葉をのみこんで、いいよ、というように小さく首を横に振った。朱里は地上の星空のような夜景がもっとよく見えるようにフェンスに近づいた。大きく息を吸いこんで、氷みたいに冷えているフェンスをぐっと握りしめた。

「通訳になりたーい！」

　生まれて初めて出した大声は、街並みの向こうで何度かこだました。胸がドキドキして、でもすごく楽しくて、朱里はぽかんとしている和臣に笑った。

「気持ちいいよ。我慢しないで言っちゃえば？」

「……俺は……いつか、映画を作る仕事が、できたらいいなって――」

　和臣の声は、普段の彼に比べたらずっと小さくて細かった。その夢を言葉にすることがどれだけ勇気がいることなのか伝わってきた。それでも、打ち明けてくれたのだ。胸が熱くなったけれど、朱里はわざと声を大きくして耳を和臣に向けた。

「何？　聞こえなーい」

　負けん気が刺激された顔つきになった和臣は、ずんずんとこっちに来ると、フェンスを握りしめてすうっと息を吸いこんだ。

「映画を撮る仕事がしたーい！」

　和臣の声のほうがずっと遠くまで響いて、朱里は声をたてて笑った。

「いいね」

「……やばい。初めて口に出した」

和臣は照れくさそうに耳の後ろを指先でさわる。でも上気した横顔には満ち足りた笑みが浮かんでいて、それを見ていると自分も満たされていくのを感じた。――そう。相手が笑ってくれるだけでしあわせになれるこんな気持ちを、彼に出会って初めて知った。

「――あのさ」

少し緊張しながら話しかけたら、そこにそっくり同じ言葉がぶつかって、朱里はびっくりして和臣を見た。和臣もやっぱり驚いた顔でこちらを見つめていた。

「あ、いや、たいした話じゃないから……山本さんどうぞ」

「ううん、私もそんなたいした話じゃ……」

どうぞどうぞ、いやそっちがどうぞ、と何度も譲《ゆず》り合った結果、なんだかどちらも黙りこんで夜景をながめるだけになってしまった。でも、ふしぎと気まずくはなかった。とても静かな、やすらいだ時間がゆっくりと流れた。

最後に二人でテーブルに戻ってケーキを食べた。ホールケーキに直接フォークを刺して食べながら「すごいおいしい」と和臣が笑ってくれたから、それが最高のクリスマスプレゼントだった。

――本当は。

本当は、さっき和臣に、こう言いたかったのだ。

『来年もまたここに来ない？』

年が明けても両親の冷戦は続いていた。朱里は理央と一緒になってあれこれと働きかけてみたが、父と母の尖り切った空気がやわらぐことはなかった。そもそも何が原因なのか、訊ねても二人とも曖昧《あいまい》に言葉を濁《にご》すばかりでわからない。機嫌の悪い母には「あんたは気にしなくていいの」と言われた。気にしなくていい？　できるものならこっちだってそうしたい。だけどできるわけがない。自分たちは同じ家に暮らす家族なのに。

新学期が始まった、始業式の日のことだ。

その日、朱里は帰宅してきてすぐに異変を感じた。玄関に父の黒い革靴《かわぐつ》があったのだ。まだ会社の就業時間内で、こんなに早く帰ってくることなんて今までなかったのに。

「……ただいま」

息を殺しながらリビングのドアを開けると、深刻な顔をした両親が並んでソファに座っていた。その向かいのソファには、ひと足先に帰ってきていた理央がいる。まだ制服姿のままで、険しい横顔をしていた。

立ちつくしていると、母がはりつめた目つきで言った。

「朱里、話があるの。座って」

——ああ、来てしまった。

ぬかるみに沈んでいくようにそう思った。今までもそうだった。やっと安全で安心な場所にたどり着いたと思ったら、いくらもしないうちにそれを壊す出来事が起こる。

今度こそ、今度こそと、必死で祈ってきたのに。

2

「乾、進路希望調査票はどうした？　親御さんと話し合ったか？」

放課後、帰ろうとしていたところを廊下《ろうか》で担任に呼び止められて「あー……」と和臣は首の後ろをさわった。

「すいません、ちょっと今……親がバタバタしてて。時間取れなくて」

「そうか。親御さんの都合もあるとは思うが、期限も過ぎてるから、明日か明後日には時間とってもらって話してみてくれよ」

はい、と頷《うなず》いて担任とは別れたものの、非常に気が重くて昇降口で靴を履《は》きかえながらため息がもれた。話し合い。できる状態になるんだろうか、明日か明後日で。

じつのところ進路希望調査票はクリスマス前には記入をすませていた。第一志望にけっこうがんばらないと合格は難しいだろう国立大。第二志望にレベルは同程度だけど文系教科で勝負できる私立大。第三志望は今の成績のままいけば合格できそうな地元の国立大。

学部は無難に経済学部とかで、父親も「いいんじゃないか」と機嫌がよかった。そういう反応をするだろうという内容を書いたわけだから当然と言えば当然なのだが。

ただ、新学期が始まって調査票の提出期日が来ても、記入済みのそれは出さなかった。気が変わったのだ。朱里とすごしたあのクリスマスイヴの夜に。

本当は自分が将来何をしたいのか、親に話してみようという気になった。今までの自分だったら反対されるのが落ちだからとまずそんな気にはならなかったが、朱里に夢を打ち明けてから、ちゃんと話せばもしかして親もわかってくれるんじゃないかと思うようになった。――なったのだが。

映画は山あり谷ありの展開が定番だけど、現実世界でも時々抜き打ちでそれが起こる。親に話してみようと腹を決めたその日、タイミング悪く兄の聡太《そうた》が家に来た。

兄は父親のいない時を見計らってまた荷物を取りに来たらしいが、運悪くその日、父は休日出勤の代休をとって家にいた。そこからはもう戦争みたいだった。兄の滞在時間は一時間にも満たなかったと思うが、その短時間で家の空気も父親の機嫌も大荒れになってしまった。それでも、先延ばしにするのが嫌で話してみたのだ。進路のことでもう一回話したいことあるんだけど、と。けれど父はすごい目でこっちをにらんだ。

『それはもう話しただろう。ほかに何があるんだ?』

ひるんで口をつぐんだところに、畳《たた》みかけるように父は低い声で言った。

『和臣、おまえだけは困らせるなよ』

――なんで俺だけ。

何度も思ったことがまた頭をよぎって、ため息がまた口をついて出る。いつの間にか到着したマンションを、和臣は憂鬱《ゆううつ》な気分で見上げた。今日はいくらか両親の機嫌がマシになっていることを祈ろう。そして、もう一度、自分の思っていることを話してみよう。

エレベーターに乗って四階に上がり、鍵《かぎ》を使って玄関のドアを開ける。そしていつも通りに靴を脱ぎ、いつも通りに廊下の突き当たりの自分の部屋のドアを開けた。

呼吸が止まった。

心臓さえ、止まったような気がした。

朝起きた時のまま毛布がくずれたベッドも、本を出しっぱなしにしている机も、古いテレビも、コートや制服をかけるハンガーも、何も変わってはいない。だけど一カ所だけ、嵐に薙《な》ぎ払われたみたいに変わり果てた場所があった。

壁にそって設置した映画コレクション用の大きなラック。そこにぎっしりと詰めこんだ、夢と憧れと苦しい現実からの逃げ場だった映画のＤＶＤが、根こそぎ消えていた。

『和臣、おまえだけは困らせるなよ』

内臓をえぐり取られたみたいにガランとしたラックが、父の声をよみがえらせる。

――馬鹿だった。

わかってもらえるかもしれない、なんて。なにを甘いことを考えていた。そんなわけがない。そんなわけがないことは身をもって思い知ってきたはずなのに、彼女とすごした時間があまりに心地よくて、その心地よさに酔っぱらって、忘れていたんだ。

現実は、映画みたいにうまくなんかいかないってことを。

「えっ——全部⁉」

信じられなくて、朱里はつい問い返した。かなしい顔をした由奈は、マフラーに顎《あご》をうずめるように頷いた。朝の通学路は、生徒の挨拶《あいさつ》や話し声にあふれて騒がしい。よく耳を澄まさないと、由奈の細い声を聞き逃してしまう。

「……学校からカズくんが帰ってきたら、全部捨てられちゃってたんだって。昨日、たまたま、お裾《すそ》分《わ》けのお菓子持ってってた時に聞いて——」

「なんで、そんな……乾くんのお父さんって、そんなひどい人なの？」

腹が立つとかの前に混乱した。たって親は、和臣を世界の誰よりも大切にする人たちのはずだろう。それなのにその人たちが和臣の大切にしているものを無断で根こそぎ捨てるなんて、理解できない。由奈は苦しそうに首を横に振った。

「おじさんは、ひどい人じゃないよ。確かに厳しいかなって思うところはあるけど、まじめで親切な人だと思う。子供会のイベントの時とか、私もお世話になったし……」

「けど――ひどすぎる」

「うん。私も、それは怒っていいんじゃないって言ったんだけど、カズくんは『仕方ない』って、それだけ……」

昇降口に到着して、ローファーから上履《うわば》きに履きかえる時、朱里は和臣の靴箱をうかがった。まだ来ていない。大丈夫なんだろうか、和臣は。心配で落ち着かない気分でいると
「朱里ちゃん」と上履きのつま先をトントンと床に当てながら由奈が呼んだ。

「朱里ちゃんの話って、何？」

「え？」

「昨日ＬＩＮＥで『明日話したいことがある』って……どうしたの？」

確かに由奈の言うとおり、昨日の夜にそういうメッセージを送ったのだ。でも今朝、由奈と会うなり聞かされた和臣の話がショックすぎて忘れてしまっていた。

「ううん……私のは、また今度でいいや」

「そうなの？」

「うん、いい」

由奈が和臣のことで相当胸を痛めているのは見ているだけでわかって、これ以上由奈を動揺《どうよう》させるのは忍びなかった。それに自分も、今は和臣のことで頭がいっぱいだ。

どれだけ傷ついているんだろう、自分の親にそんなことをされて。

その日、和臣はホームルームが始まるぎりぎりに教室にやって来た。教卓前の席に座る和臣は、普段よりも表情に乏《とぼ》しい気がした。和臣はこの日の日直だったのだが、授業の前と終わりに号令をかける声もなんだか平坦なような気がする。そして休み時間になるとすぐにどこかに消えてしまうので、朱里はなかなか話しかけるチャンスを見つけられず、結局そのまま放課後になってしまった。

日直は授業のあとの黒板消しや日誌の記入など、こまごまとした雑用をしなければいけない。朱里はほかのクラスメイトが部活に向かったり下校していく間、自分の席から動かずに、机で日誌を書いている和臣の背中を見つめていた。やがて由奈も「先に帰るね」と教室を出ていき、ほかに誰もいなくなってから、和臣の後ろの席にそっと移動した。

椅子《いす》を引く音が聞こえたんだろう、和臣はふり向く気配を見せたが、目は合わせることなく、また日誌に顔を戻した。朱里は、黒い詰襟《つめえり》の制服を着た彼のうしろ姿を見つめた。

人を拒否する、薄いバリアのような気配が和臣の全身から発されている。――無理もない。そんな気持ちになったたって仕方ない思いをしたのだ。

「……DVD捨てられたって、聞いた」

「あー、うん」

和臣の声は抑揚《よくよう》がなかった。怒りや痛みを感じることをやめたみたいに。

「それって、将来の夢のこと反対されて――?」

「いや、話してないよ何も。けどまあ勘付いててクギ刺されたってことだね。いいんだ、兄貴のこともあって親が過敏になるのもわかるから。やっぱり無理なんだよ」

和臣の兄が役者の道を選び、それに反対する親と決裂した話は聞いた。でもそれと和臣の夢は別のはずだ。和臣の夢は和臣だけのもので、誰にもそんなふうに侵害する権利なんかない。そう言おうとした時、さえぎるように和臣が続けた。

「山本さんみたいに、反対されない夢ならよかったのにね」

その言葉を聞いて、胸が裂けそうなくらいかなしくなった。

「夢に優劣なんてない！」

確かに、子供が映画を撮る仕事をしたいと言った場合と、通訳になりたいと言った場合、通訳になることを反対する親はそれほどいないだろう。一方で映画を撮る仕事をしたいという夢に難色を示す親はいるだろう。誰もがなれるものじゃないとか、不安定な仕事だとか、そんな理由で。それはわかる。それくらいはわかる歳《とし》だ。でも。

あっちはよくて、こっちはだめ。そんなのは変だ。どちらだって同じ『好きなこと』だ。どんな夢だって、自分たちが先の見えない毎日を手さぐりで進みながら見つけたものだ。それを否定しないでほしい。始める前から無理だと決めつけたりしないでほしい。

「それに――乾くんが打ち明けてくれた大事な夢じゃん」

そして彼自身も、そんなかなしい言葉を使ってせっかくの夢を諦めないでほしい。

和臣の肩が小さくゆれた、気がした。それでも和臣はこちらを見ない。それでもいい、つらいのはわかってるから。ただ、そのつらさを、仕方ないとか無理とか自分に言い聞かせるようにくり返してひとりで抱え込まないでほしかった。

「何か私にできることない――？　力になるよ。私たち、同志でしょ？」

クリスマスイヴの夜、和臣が言ってくれたのだ。同志だと。それが本当にうれしかったのだ。この先何があってもその言葉があればがんばれると思うくらい。

和臣は肩の線を硬くしたまま、長いこと黙っていた。やがて、ぽつりと言った。

「似たもの同士、悩みをわかり合っても何も解決しない。傷の舐《な》め合いと一緒だよ」

突き飛ばされたような気がして、声が出なくなった。

確かに和臣と自分は似た痛みを抱えている。彼のそんな部分に惹《ひ》かれたことは事実だ。今まで誰にも気づいてもらえなかった、日常のせわしなさにすぐ流されてしまうかなしみを和臣がすくい取ってくれた時、自分を見つけてもらえたような気がした。いつしか彼は自分の中で特別な存在になっていった。

だから今度は自分が彼の力になりたいと思った。傷ついた彼が、また立ち上がるために肩を貸せればと。でもそれは、しょせんは傷の舐め合いなんだろうか。そんな、一瞬だけ心地いいだけの、結局はどこにも行けない関係でしかないんだろうか。

ただ、いま和臣が、自分の助けなどかけらも必要としていないということはわかった。

涙があふれて、ぽつぽつと机に落ちた。冬の冷たい雨のように。

必要とされないなら、ここに自分がいる意味もない。朱里は通学バッグをつかんで教室をとび出した。

*

朱里が二日続けて学校を休んだ。

いつもだったら体調が悪くて欠席するような時、朱里は『頭痛いから今日休むね』というように連絡をくれる。でも今回はそれがなく、しかも二日連続の欠席なんて初めてのことで由奈は心配になった。朱里は、もしかしてすごく具合が悪いんじゃないだろうか。

「朱里ちゃん、どうしてる？　大丈夫なのかな？」

だから朝、朱里のことをよく知っているはずの人に訊ねてみた。冬枯れた通学路を歩きながら、黒い学ランにマフラーを巻いた理央はしばらく無言だった。どうしたんだろう？と思ってのぞきこむと、理央は弱く笑った。

「由奈ちゃん、今日の放課後って予定ある？」

「え？　ううん」

「じゃあ、どっか行かない？　二人でゆっくり話せるところ」

うん、と答える声がはずんでしまったことは否定できない。理央とならとにかくどこで何をするのも楽しいのだ。けれど「デートだ！」なんてひそかに喜んでいたことを、放課後、心底後悔《こうかい》することになった。

「もしかしたらうち、離婚になるかもしれなくて」

駅前のカフェのカウンター席で話を切り出した理央の口調はとても静かだった。どんなふうに話すか、ずっと考えていたのだろう。由奈は、言葉が何も出てこなかった。

「親父《おやじ》、アメリカに転勤が決まってさ。カリフォルニア。家族で一緒に行く行かないで、だいぶ前からずっと親が揉《も》めてて。母さんは俺らの学校のこと気にしてあっちに行くこと反対してんだけど、父さんは父さんで転勤は断れないし、単身赴任《たんしんふにん》も嫌みたいで」

「えっ、じゃあ理央くん、引っ越しちゃうの!?　朱里ちゃんは!?」

きっと青くなっていたと思う。それだけショックだったのだ。落ち着いて、というように理央はテーブルに置いた由奈の手に自分の手を重ねた。

「俺は行くつもりないし、親にもはっきりそう言った。下宿でも何でもして絶対にこっちに残るって。――ただ、朱里は」

理央が表情をかなしげに翳《かげ》らせた。

「朱里ちゃんは？」

「……『私はお父さんについてく』って言ったんだ。『英語の勉強もっとしたいからちょうどよかった』って笑ってさ。父さんも、母さんも、びっくりしてた」

そんな、と声がこぼれたきり由奈は何も言えなくなった。どうして、という言葉が頭の中をぐるぐる回った。朱里ちゃん、どうして？

「あいつ、そう言えばきっと母さんも一緒に行くって言うと思ったんじゃないかな。そうしなきゃ家族がまたバラバラになるって思って、自分から手を挙げたんだ。俺には絶対に由奈ちゃんと離れるなって言うくせに――あいつ、いつもそうなんだよ。いっつも先回りしてまわりに気ぃ遣って、自分ばっかり我慢して」

「朱里ちゃん、そんな話、何も――」

言いかけた言葉を、由奈はショックとともにのみこんだ。

違う。何も話してくれなかったんじゃない。

『ううん……私のは、また今度でいいや』

和臣が大切な映画のコレクションを全部父親に捨てられてしまった事件について話していた時だ。朱里は本当は、父親のアメリカ転勤のことを相談したかったのではないか。

鼻の奥がツンとして由奈はうつむいた。きっとあの時、朱里は和臣の件もあって遠慮《えんりょ》したのだ。朱里は、時にそうやっていきすぎるくらいに気を遣う子だ。でも自分も、あのあと朱里にちゃんと訊ねなかった。話したいことって何？　どうしたの？　と、それだけでよかったのに。そうすれば朱里も話してくれたかもしれないのに。

『朱里ちゃんは私の安全基地だね』

文化祭の時に自分が言った言葉が、針みたいに胸に刺さる。確かに朱里は自分の安全基地だった。何を相談しても受け止めて、励《はげ》まして、背中を押してくれた。それに引き換え自分はどうなのか。自分が朱里の力になれたことなんてあっただろうか。せいぜい出会った時に朱里に電車賃を貸したくらいじゃないか。

私は朱里ちゃんの安心になれてない。朱里ちゃんが悩んでる時、気づくこともできなかった。サインはちゃんと出されていたのに。

涙がこぼれそうになって、でも、由奈は唇をかんでそれをこらえた。

今泣けば理央がなぐさめてくれるだろう。やさしく髪をなでてくれるだろう。由奈ちゃんが気にすることはないと言ってくれるだろう。それではだめだ。

「理央くん、ごめん。私、朱里ちゃんと話したい。帰るね」

椅子《いす》の背にかけていたコートを取りながら謝ると、理央はまるで由奈がそう言い出すことをわかっていたように「うん」と目を細めてほほえんだ。そして、睫毛《まつげ》をふせた。

「……ほんと言うと、あいつここんとこ部屋に閉じこもったままで、ろくに飯も食ってないんだ。身体《からだ》壊すって俺が言っても、全然だめで。だから、由奈ちゃんならどうにかできるんじゃないかって頼っちゃった」

「頼って。理央くんも、朱里ちゃんも。私がんばるから」

理央はなんだか目をまるくして、子供みたいな笑顔で言ってくれた。

「俺、好きになった子が由奈ちゃんで、ほんとよかった」

マンションに向かって歩く間、由奈は朱里にメッセージを送った。理央くんから話聞いたよ。朱里ちゃんのところに行ってもいい？　けれど返事はない。既読マークもつかない。

意を決して電話をかけてみたけれど、それもやはりつながらなかった。朱里がひとりで遠い場所へ行ってしまおうとしているのがわかって、無性にかなしくなった。

朱里ちゃん、お願い。そんなふうに、ひとりぼっちにならうとしないで。


机に置きっぱなしのスマホから、ずっとＬＩＮＥの通知音が聞こえていた。電話もかかってきたようだった。だけど今は誰とも話したくなくて、朱里はきつく目を閉じた。

「朱里。夕ごはん。出てきていい加減食えよ」

ドアがノックされる。理央の声は叱《しか》るようでいて、どこかかなしそうだった。それでも、何もかもどうでもよくて、朱里は黙ってベッドの中で身体をまるめた。

玄関のベルの音が聞こえた気がして、浅い眠りからふっと目覚めた。たぶん母だろう、スリッパを履《は》いた足音が玄関のほうへ移動していく。朱里はまた目を閉じようとしたが
「由奈ちゃん？」という母の驚いた声をかすかに聞き取って、まぶたを上げた。

どうして由奈が？　ベッドから降りて、ドアの前に立つと、より鮮明に声が聞こえた。

「あの……夜分にすみません……朱里ちゃんが、教科書忘れていって……」

緊張した由奈の声。教科書？　と朱里は眉《まゆ》をよせた。そんなの忘れた記憶はない。

「そうなの？　朱里、今ちょっと具合悪くて部屋で寝てて……わざわざごめんね」

「いえ。あの……このマンションに引っ越してきてくれて、ありがとうございます！」

突然大きくなった由奈の声に朱里はびっくりした。いつも子猫みたいに細い声で話す由奈が、こんな声を出したのは初めてだ。

「私、朱里ちゃんと仲良くなれてうれしいです。私、朱里ちゃんのおかげで変われました。みんな、朱里ちゃんが好きです。私も、理央くんも、カズくんも」

由奈の声は緊張で震えていたし、時々裏返ってもいた。それでも由奈は、ずっと遠くにいる人間に届けようとするような大きな声を張り上げ続ける。

「みんな、朱里ちゃんが好きです。──だから、聞いてあげてほしいんです」

「え？」

「朱里ちゃんは自分の気持ちを後回しにするところあるから、ちゃんと話を聞いてあげてください。では、私はこれで……」

妙にかしこまった口調で言ったあと、由奈の声は聞こえなくなった。玄関の閉まる音。移動する複数の足音。そのうちのひとつは朱里の部屋の前まで来て、ノックが響いた。

ためらってから細くドアを開けると、立っていたのは母ではなく、理央だった。

「はい。由奈ちゃんが届けてくれた教科書」

グイと押しつけられたのは、政治経済の教科書だった。ひっくり返して裏表紙を見ると『一年四組　市原《いちはら》由奈』と油性ペンで名前が書いてあった。

「ちゃんとお礼言っとけよ」

理央はそれだけ言うと、リビングのほうに戻っていった。ドアを閉めるのとほぼ同時に、ピコン、と小さな電子音が鳴った。机に置きっぱなしにしていたスマホが、着信を知らせる緑色のランプを点滅させている。朱里は暗い部屋の中を歩き、スマホをとり上げた。

何件ものメッセージが入っていた。全部由奈からだ。大丈夫？　体調かなり悪いの？　理央くんから話聞きました、今から朱里ちゃんのところに行っていい？　少しだけでも話そう。そして、今さっき届いたばかりのメッセージ。

『今度は私が朱里ちゃんの安全基地になりたい』

涙がいっきにあふれ出して、朱里は教科書を抱きしめたままうつむいた。

自分は誰にも必要とされていないという気がしていた。今までそれが最善だと信じてしてきたことも、本当は全部意味がなかったんじゃないかとむなしくなっていた。

でも、それが正しかったかどうかは別として、選択を積み重ねた道の先で、あの春の日、由奈に会った。初対面で「お金を貸してくれないか」なんて胡散《うさん》くさいことを頼んだのに、由奈はためらわず手をさしのべてくれた。

由奈。私も由奈に会えてよかった。由奈は私のおかげで変われたって言ったけど、私は、どんどん強くかっこよくなっていく由奈を見て、自分も変わりたいと思えた。

『ありがとう』

いろんな言葉を考えたけど、今はそれが一番伝えたいことで、それだけ由奈に送った。

由奈はきっとそれだけでわかってくれる。

朱里はスマホを置いて、部屋着にパーカーをはおり、ドアを開けた。

リビングへ行くと、もう理央は自分の部屋に引き上げたのか姿がなかった。父もまだ仕事から帰ってきていないらしく、母が静かな部屋でひとりきり、テーブルでパンフレットのようなものを読んでいた。

「朱里……具合は大丈夫？」

こちらに気づいた母が手を止めて、心配そうに眉をよせた。その時に、母の手もとにあるのが父の持ち帰ってきた海外転勤の資料だと気づいた。朱里が小さく頷《うなず》くと、母はほほえんで「コーヒーいれようか」と訊ね、うん、と朱里はまた頷いた。

コーヒーの香りがゆっくりと広がるテーブルで、朱里は母の向かいに座った。カップを両手でつつんで温めていると「あのね」と母が静かに言った。

「お母さん、朱里にずっと我慢させてたよね。女二人での生活が長かったのもあって、朱里とは一番近い女友達みたいな気分になっちゃう時もあって、つい朱里に甘えちゃって。

でもそういうのはよくなかったって、今、考えてたの」

温かい湯気の向こうでとつとつと話す母を、朱里は小さな驚きと一緒に見つめた。母がこんな話をするのは初めてだった。

朱里、と母がまっすぐにこっちを見つめて言った。

「アメリカに行くこと、もし気を遣って言ってるならやめていいのよ。このまえの話し合いの時は離婚なんて言葉も使っちゃったけど、軽率《けいそつ》だったって反省してる。そんなことにはならないように、お母さん、お父さんとちゃんと話すから。だから無理だけは――」

「無理じゃないよ」

正直に言えば、それは少し嘘だ。父についてアメリカに行くと言った時は、家族みんなが平和であるために自分が犠牲《ぎせい》になるような気持ちが確かにあった。

でも、もしもう一度やり直していいと言われたら、自分は選択を変えるだろうか？

父が単身赴任《たんしんふにん》を嫌がるのは、ひとりが嫌だとかさびしいなんて理由ではない、つながってまだ間もない家族が離ればなれになることでバラバラになってしまうことを恐れているからだ。母が海外移住を反対するのは、これまで親の都合で環境が激変してきた子供たちにこれ以上負担を与えたくないという思いがあるからだ。どちらも自分勝手なわけではない。それぞれが家族のためを思っているのだ。

でもその父と母の対立が、娘が一緒について行くと言えば解消される。自分が父について行くことで、由奈と離れたくない理央も日本に残りやすくなるだろう。娘が一人で残ると言えば危ないからと猛反対されるに決まっているが、息子が残るのであればしぶしぶではあっても親は了解する。実際、その通りの流れになった。

みんなのために犠牲《ぎせい》になるのではなく、自分の選択の先に家族の誰もがしあわせになれる日があると信じたい。そのために、もう一度、今度は心から選ぶ。

「私はお父さんとアメリカに行く。お母さんも、もし一緒に来てくれるなら、慣れるまで買い物とか散歩とか付き合ってあげる。私、英語だけは得意だから」

娘の真意を確かめるようにこちらを見つめていた母は、やがてコーヒーの湯気の向こうで淡く笑った。それから大げさなため息をついた。

「カリフォルニアねえ。本場のディズニーランドがあるのは楽しみだけど、言葉がねえ。私、英語ほんとわかんないのよ」

「知ってる。洋画観る時も絶対吹き替え版だもんね」

ひさしぶりに母の笑顔を見ていると、自然と自分も笑っていた。こわばっていた気持ちがほぐれていくのを感じながら、朱里はコーヒーの黒い水面をながめた。そこに三日前の、決してこちらをふり返らなかった和臣の背中が映る。

確かに似たもの同士がなぐさめ合っても、和臣の言うとおりそれは傷の舐《な》め合いにすぎないのかもしれない。今はそう思う。本当に必要なのはそういうものではなく、何もかも諦めようとしている彼が、もう一度立ち上がり進み出すための力だ。

だから考えよう。

残された時間で、自分は彼のために何ができるのか。

3

話がある、と理央に呼び出されたのは、欠席していた朱里が学校に出てきたその日だった。ひさしぶりに彼女の姿を見てはっとしていたところに、理央がわざわざ教室にやって来て「放課後、屋上に来て」と言ったのだ。そんなのLINEで言えばいいのにと思ったが、理央がやけに圧力のある目をして言うから「わかった」と和臣は答えた。

それでも正直、話といってもそんな深刻なことでも重大なことでもないと思っていた。だから、放課後に理央から聞いた話は完全に不意打ちで、和臣はしばらく絶句した。

「……アメリカって、それ、いつ？」

「赴任《ふにん》自体は六月だけど、そのまえに引っ越しとか朱里があっちで通う学校の手続きとか、めちゃくちゃやんなきゃいけないことあるから、春にはもうあっちとこっち行き来することになる。朱里もそう。……てか、ほんと全然聞いてないんだな」

その通りだ。そんなことは一切聞いていない。どうして、と不実をなじるような気分になりかけた時、はっと息をのんだ。

「俺、自分の話しか……」

父に映画のコレクションをすべて捨てられて、その話を聞いたらしい朱里は心配そうに言ってくれた。力になりたいと。でもあの時は自分のことしか考えられなくて、彼女の顔を見ようともしなかったのだ。それどころか、力になりたいと言ってくれた彼女にひどいことも言った。――当然だ。こんなやつに大事なことを話してくれるわけがない。

「どうするの？」

理央が制服のポケットに手を突っこみ壁にもたれる。目つきが、きつい。

「どうするって何が？」

「朱里のこと好きなんだろ？」

そうでない可能性なんて考えもしないように決めつけられて、和臣はひるんだ。理央はずっと前から何もかもお見通しだという顔で問い詰めてくる。

「気持ち伝えないで終わりにしていいの？」

「……今さら言ってどうなるんだよ。それに、きっと山本さんは俺に失望してる」

「俺はカズがどうしたいか知りたいだけで、言い訳聞きたいんじゃないんだけど」

「なんだよ言い訳って」

さすがに腹が立ってにらみつけると、理央がまとう温度がいっきに冷え込んだ。軽蔑《けいべつ》とか、そういう名前をつけるにふさわしい冷ややかな目をして理央はため息をついた。

「後付けでさぁ、できない理由探すのだけは、みんな得意だよね。ま、いいや。俺のことじゃないし」

おまえにもがっかりしたからもうどうでもいいし、という調子で言い捨てて理央は脇をすり抜けて屋上を出ていった。残された和臣は、学ランの胸もとを握りしめた。

だって、どうしろって言うんだよ？

彼女が遠い国に行ってしまうから？　だからあわてて気持ちを伝えて？　それでどうなるんだ。彼女には失望されてるに決まってるし、そんなやつに好きなんて言われたって、これからいろいろ大変な彼女を困らせるだけじゃないか。俺が満足するだけじゃないか。そんなの何の意味もない。

だけど理央の見透かすような目が頭から離れない。妙な既視感《きしかん》がある。――ああ、そうだ。兄だ。俺のことは気にしないで好きなことしろ。そう言った時の兄と同じ目だ。

正体のわからない焦燥《しょうそう》のようなものに追い立てられる気分だった。教室に戻ってリュックを背負い、昇降口まで来た和臣は、自分の靴箱《くつばこ》に何かが入っていることに気づいた。スニーカーの上にのせられた平たい袋。手に取るとごく軽く、よく知っている感触がした。

袋を開けると、思ったとおり、ＤＶＤが入っていた。

『アバウト・タイム』

タイトルを見ただけで鼓動が速くなった。ほかに何か入ってないか袋を探ると、きれいな便箋《びんせん》が一枚だけ入っていた。はやる気持ちを抑えて手紙を広げる。

『やっぱり、乾くんの夢を応援したい。また集めよう！　記念すべき一本目は、私からのプレゼント』

その短い手紙から、いくつも、いくつも、映像が見えた。彼女を主人公にした映画のように。

結局は破ってしまったDVDを貸すという約束を、今も忘れずにいた彼女。シンプルで美しいタイトルの映画を自力で探し出して観た彼女。無数のDVDが並んだショップの棚《たな》の間を、たったひとつのタイトルを探して注意深く歩く彼女。そして購入したそれに手紙をそえて、そっと靴箱に入れる彼女。その横顔、まなざし、そして遠ざかる後ろ姿。

急激に熱い痛みをともなって涙がこみあげ、視界が水没した。

感情の高ぶりが急激すぎて息がつまる。和臣は乱れる呼吸を必死に整えながら、ありったけの想いがこもった贈り物に額を押しつけた。

『アバウト・タイム』の主人公ティムは、自信がなくて、奥手で、せっかくの過去に戻ることができるタイムトラベル能力を運命の女の子を見つけるために使う。けれど最愛の人と出会った彼は、次第に能力を自分以外の誰かのために使うようになり、そして最後には過去へ戻ってやり直すことそのものをやめるのだ。

『僕はもう過去には戻っていない。ただの一日も。今日この日を楽しむために自分は未来から来たというつもりで毎日を生きている。これが僕の風変わりで平凡な人生の最後の日だと思って』

そして、最後に映画はこう締めくくられる。

『人は、誰もが時間を旅している。人生という時間を。そこでベストを尽くすしかない。その旅が素晴らしいものになるように』

俺はベストを尽くしたか？

親に対して、兄に対して、そして彼女に対して、ちゃんと精いっぱいだったか？　俺は俺しか責任を持てない自分の人生に、夢に、ちゃんと向かい合ったか。彼女がそうしてくれたように。

こんなに涙を流したのは子供の頃以来で、マンションに帰って自分の部屋に入った時には、マラソンを完走したあとみたいに体力を消耗《しょうもう》していた。それでも、意識は嵐のあとの空気のように透きとおっている。ずっと直視できなかった、内臓をえぐりとられたように空《から》っぽになったラックも、今は正面から見ることができた。今はまだ何もないその棚に、和臣は彼女が贈ってくれた大切な一本目をそっと立てかけた。

家族のバランスを取るために。だから夢を諦める。

聞こえはいい。実際自分のことも長い間そうしてごまかせていた。でも、本当か？

親が、教師が、世間が口をそろえて言うように、一握りの者しか成功できない世界に飛びこんで、自分には才能がないと突きつけられて傷つくよりも、その道に進めない理由をさがすほうが楽だったんじゃないのか。

ビビってる以外に理由なんてなかったんだ、本当は。

スマホをとり出して、番号を呼び出す。こうして改まって電話をかけるのは初めてだった。だから数コールのあとで『はい？』と応答した相手も驚いているようだった。

「兄ちゃん？」

『カズ、どうした？　何かあったか？』

「俺、ずっと楽してた」

電話の向こうからは、誰かがものすごい声量ではきはきと発声練習をしていたり、丁々《ちょうちょう》発止《はっし》の言い合いをしているのが聞こえる。こんな騒がしくて情熱とエネルギーにあふれた場所が、今の兄の居場所なのだ。安定しているとは言いがたい道に、それでも好きだという気持ちだけを武器に兄は飛びこんでいった。壮大な冒険映画の勇者みたいに。

「やりたいことできない理由を、兄ちゃんのせいにしてずっと楽してた」

『……そっか』

その時、電話の向こうで『乾ー！　リハ始めっぞー！』と野太い男性の声がした。兄は『はーい！』と叫び返す。兄の声は、この家で一緒に暮らしていた時よりも、ずっと遠くまで響き、ずっと強かった。

「兄ちゃん」

『ん？』

「がんばれ」

『——ああ。おまえもがんばれ』

言いたいことは言ったから、和臣はそこで電話を切った。机の椅子《いす》を引いて座り、そこに置きっぱなしだった進路希望調査票を手にとる。時間がすぎるのを待つ間、固まったはずの決心がゆれたり、恐れや不安が頭をもたげたりもした。それでもラックにひとつだけ立てかけたＤＶＤを見れば、すぐに心の乱れはおさまった。

二時間近くが経った頃、玄関のドアが開く音がした。重量のある足音から父だとわかった。和臣は調査票を持ってリビングに向かった。

父は疲れたようにネクタイをゆるめながらテーブルに座っていた。表情からあまり機嫌がよくないことはわかった。でも、もうそれを動かなくていい理由にはしない。

「父さん、話がある」

顔をこちらに向けた父は、和臣の手もとに目をやって小さく眉《まゆ》をひそめると、深くため息をついた。

「悪いがまたにしてくれ。今日は疲れてる」

そして立ち上がろうとする父の先手を打って、和臣は父の前に膝をついた。驚いたように動きを止める父に、ありったけの思いで告げた。

「どうしても今聞いてほしい大事な話なんだ。俺、将来は映画を撮る仕事がしたい」

父の顔がゆがんだ。母と兄のことで言い争いをする時のように。

「馬鹿なことを言うな。そういう世界で成功できるのはほんの限られた人間なんだ。挫折《ざせつ》して傷つくのはおまえなんだぞ」

「挫折ってそんなにだめなこと？　挑戦してみること自体には意味がないの？　俺は傷ついたっていい。好きなことを仕事にして、それで生きていくためならどれだけ傷ついても怖くな――」

「くどい！」

いきなり父の声が爆発すると同時に頬《ほお》を打たれた。痛みと衝撃で一瞬思考が停止した。殴《なぐ》られたのなんて生まれて初めてだった。

「おまえまでそんなふわふわしたことを言い出して、聡太の真似《まね》か!?　言っただろう、おまえだけは困らせるなと！　その話はもう二度とするな！」

怒声に身体《からだ》がすくむ。痛みに意志が折られる。父が荒々しく立ち上がった。行ってしまう。終わりにされてしまう。

――ベストを尽くしたか？

くたびれたワイシャツの背中をがむしゃらにつかむと、父は驚いた顔でふり向いた。ワイシャツをつかんだ手に力をこめて、和臣はありったけの思いで父を見つめた。

「話はまだ終わってない。そうやって押さえつけられても、ここにある気持ちを無いことにはできない」

父の瞳がゆれる。ずっとこうして衝突する時を怖がっていた。だけどもう恐れない。

俺はその先へ行く。話し合って、話し合って、どれだけ傷ついても手を尽くして、そして夢見た場所に必ず行く。彼女がそのための勇気をくれた。

「俺は映画を作る仕事がしたい。その夢を諦めたくない」

*

母とホームセンターで買いこんできた段ボール箱に、荷物を詰める作業を始めた。引っ越しはまだ先だが、これから学校への報告やいろんな手続きで想像以上に忙しくなるはずだから今のうちにできるところから荷造りを始めたほうがいい、と両親から言い渡されたのだ。今日、バイト先のベーカリーショップにも行って事情を説明してきた。店長は「さびしくなるなあ」と名残惜《なごり》しがってくれて、それがうれしくもさびしくもあった。

夕食後から黙々と作業していた朱里は、そろそろ疲れてきてベッドサイドの時計を見た。

十時半をすぎたところ。今日はここまでにするとしよう。お風呂に入る準備をしていると、サイドボードに置いていたスマホがピコンとＬＩＮＥの通知音を鳴らした。

由奈かな、とスマホを手に取った朱里は驚いた。

和臣からのメッセージだった。

『今から会って話せる？　あの高台で待ってる』

行かないという選択肢《し》はなかった。急いでコートを着て、マフラーを巻く。この時間から出かけると言うと母がいい顔をしないので、朱里は足音を立てないようにそっと部屋を抜け出して、足音を忍ばせながら玄関を出た。

マンションのエントランスを出ると、思わず首をすくめるほど冷たい夜風が吹きつけた。マンションからしばらく歩いたところにある文化施設の、その脇にのびる坂道を上っていく。長い坂道を息を切らしながら上り切ると、広い野原に出る。

野原をずっと進んだ突き当たりには転落防止のフェンスがあり、その向こうに、地上の星空のような美しい夜景が広がっていた。

そのどこまでも広がる光の群れを、フェンスにもたれてながめる和臣の背中があった。

「乾くん」

声に反応して和臣がふり返った時、すぐに彼の変化を感じた。表情がやわらかいというか、このところずっと彼にまとわりついていた悲愴《ひそう》なものが消えている。

見つめ合った和臣は、はにかんだような笑みを浮かべて、落ち着いた声で言った。

「やっと父親に話せた。将来の夢のこと」

驚いて朱里はとっさに言葉が返せなかった。和臣の父親がどんな人なのか、会ったことがない朱里にはわからない。けれどその人は、和臣の夢である映画関係の仕事や和臣の兄が選んだ役者の道のような世界をよく思っていない。そんな父親と話し合うには、どれだけの勇気が要ったのだろう。何だって最初に言い出す時が一番怖いのだから。

和臣がコートのポケットに手を入れ、大切な宝物を扱う手つきでそれをとり出した。

「山本さんのおかげ」

『アバウト・タイム』のＤＶＤケース。それを胸に当てながら和臣はやわらかく笑った。

「今日からこれが俺の一番好きな映画になった」

届いたのだとわかった。彼のために何ができるのか、考えて考えて精いっぱいしたことが、ちゃんと届いた。にじむ涙をこらえながら朱里も笑った。

「うん」

「この場所は、諦めっていうか、しょうがないって自分に言い聞かせるための場所だった。『ここではないどこか』なんてどこにもないんだ、って。でも、それはちゃんとあるんだ。見つけられるかは自分次第なんだって、山本さんが教えてくれた」

え、と声がこぼれた時、和臣にまっすぐに見つめられた。

「俺、山本さんが好きだ」

それは、もうずっと前に諦めていた言葉だったから、それが自分に向けられたものだと理解するまでに時間がかかった。

砂時計の砂が落ちるくらいゆっくりと、時間をかけて言葉がしみとおり、心に届いた時、涙があふれ出した。

「……私も」

声が涙にかすれてしまう。必死に息を整える。私も伝えたい、ちゃんと。

「ふられた時も、ふられてからも、ずっと乾くんが好きだった」

でもそう言えなくて、夏祭りの夜、あんな言い方をした。好きではないと言われた自分が恥ずかしくて、かなしくて、忘れてくれと必死に笑った。

「自分が傷つかないように逃げてただけで、本当は忘れてほしくなんてなかった……」

もう涙で和臣の顔が見えない。きっとひどい顔をしてる。本当はもっと自分を変えてから言いたかった。彼の前で胸をはれる自分になってから伝えたかった。でも彼が気持ちを伝えてくれた今、自分もまっすぐに彼を見つめて、伝えたい。

「今も大好きです」

こらえ切れなかったような強い力で抱きすくめられて、背中が反った。閉じこめられた胸の中はとても温かかった。耳もとにかすかな吐息が降る。

「やっと捕まえた」

ささやく声に、また涙がこみあげて、朱里は彼の胸に顔をうずめた。

「ずっと捕まえてて――」

その答えのように、また強く抱きしめられて、朱里も大好きな人の背に腕をまわした。

抱きしめられるだけではなく、抱きしめたい。

どれだけ彼のことが好きなのか、言葉では足りない分まで伝えられるように。

4

時間が経つごとに風が冷たくなり、空気が澄んでいく。その冴えた大気の向こうでかがやきを増していく夜景を、和臣と野原に腰を下ろしていつまでもながめていた。だんだん震えるほど寒くなってきたけれど、身を寄せあい、手をつないで、あたため合った。

『おまえ家にいる？　まさか家出した？　早まるな』

墨《すみ》を流したように黒かった夜空が、美しい深いブルーに透けてきた夜明けの頃、理央からLINEが入った。トイレにでも起きて、そのついでに義理の姉がいないことに気づいたのだろうか。けっこう焦っている様子が伝わってきたので、朱里は『高台にいる。乾くんと一緒』と返事をした。すぐに既読マークがついたので、スマホを握りしめて返事を待っていたのかもしれない。ちょっと笑ってしまった。

　和臣と手をつなぎ、夜から朝へと向かおうとする街並みをながめた。モノトーンだった風景がゆっくりと色彩をとり戻してゆき遠くで小鳥たちが歌い出す。和臣と二人で見る世界は美しくて、美しさの分だけ苦しさはつのっていった。考えないようにしてもやがて限界がきて、朱里はうつむいた。

「……行きたくない——」

　今さらそんなことはできない。そもそも自分が決めたことだ。わかっている、だけど思わずにはいられなかった。やっとこうして和臣と想いが通じたのに、じきに離れなければいけないなんて、考えただけで胸がつぶれそうになる。

　けれど和臣は大人びた目をして言った。

「行っておいでよ、アメリカ」

　ショックを受けると、そうじゃない、というように強く手を握られた。和臣は白い息を吐きながら、夜明けの街をながめる。

「俺ね、洋画を見る時は断然字幕派なんだよ。やっぱり役者本人の肉声が聞きたいから。で、ネイティブのしゃべり方ってやっぱ速いんだよね。英語の授業のリスニングのＣＤとかよりめちゃくちゃ速い。主語もばんばん略してるし、スラングだって使うし」

　言葉ってさ、と和臣は噛《か》みしめるように言った。

「なんていうか、その人のその瞬間までの人生全部を踏まえて出てくるものでしょ。山本さんがなりたい通訳って、そういう繊細《せんさい》なものもちゃんと含めて言葉と言葉を、人と人をつなぐ仕事でしょ。だったら、これはチャンスだよ。旅行じゃなくて、ちゃんとその土地に根を張って暮らすことで手に入るものってものすごい宝物になると思う」

ひときわ強く手を握り、和臣はまっすぐにこちらを見つめた。

「だから行っておいでよ。夢を叶えるためにも、思いっきり楽しんで勉強してきなよ」

「……でも、一緒にいられなくなるんだよ？　お父さんは最低三年って言ってたけど、もしかしたらもっと長くかかるかもしれない。そんなに離れてたら――」

三年なんて、永遠みたいな長さだ。それだけ時間がたてばいろんなことが今とはまるで違ってしまう。人の心だって、もしかすれば彼の『好き』という気持ちさえも。

暗い思考の深みにはまっていくのを引き止めるように「山本さん」と和臣が呼んだ。

「俺の夢を応援したいって、手紙に書いてくれたよね。俺もそうだよ。俺も山本さんの夢を応援したい」

大丈夫、と彼がささやく。

「離れたって何も変わらない。俺たちなら大丈夫って証明しよう。五年後とか、十年後とかになった時、これから先ずっと続く中のたった数年だったねって、きっと俺たちの定番の思い出話になるよ」

冷たい雪のかたまりがあたたかい春の陽に溶けだすように、涙が頬《ほお》を流れた。

五年後や十年後、そこからずっと先まで、和臣は未来を見ていてくれる。それほど時間が経った時にも、自分たちは一緒にいると迷いなく言ってくれる。

またあふれてくる涙をぬぐいながら、朱里も必死に頷《うなず》いた。――信じよう。

そばにいられないこと。遠くに離れてしまうこと。会えないこと。ふれられないこと。それがこれから自分たちの気持ちをどう変えてしまうのかはわからない。それでも、彼と一緒に懸命に信じよう。自分たちの思い描く未来には、ふたりが並んでいることを。

「――朱里ちゃんっ」

急に響いた声にびっくりして、朱里は顔を上げた。この高台に続く坂道のほうから、手を振りながら人影が走ってくる。あたりはまだ薄暮《はくぼ》のように薄暗かったが、由奈だということはわかった。後ろからついてくるひょろっとした影は理央だ。

子ウサギみたいなスピードで走ってきた由奈は、そのまま抱きついてきた。朱里は少しよろけてしまって、でも一番の友達を同じだけ強く抱きしめた。こうしていれば言葉はいらない。何があっても大好きだと、今自分が思っているように、由奈も思ってくれているのがわかる。

そのままずっと二人で抱き合っていたら「ちょっとー」と理央がじれたように声を上げて由奈の腕を引っぱった。「ひゃ」と声をもらした由奈の頬が赤くなった。

「俺の彼女なんですけど」

「私の親友なんですけど」

由奈を引っぱり返そうとしていると、今度は逆に大きな手に引っぱり戻された。

「山本さんはこっち」

和臣に顔をよせられてドギマギしていると「あ」と由奈が声をあげて、フェンスの向こうを指さした。

建ち並ぶビルや家々の向こうに、小さな光がかがやいていた。それは一秒ごとにかがやきを増しながら上昇してゆき、やがて魔法のように美しい金色の光が街を照らし出した。

朝だ。

「きれいだね」

感動したようにささやく由奈に、理央がほほえんで手をさし出す。由奈は付き合い始めてからだいぶ時間がたつはずなのに、まだ何ひとつ慣れないように赤くなって、その手を握る。朱里はよりそう二人の姿にそっとほほえみ、美しい朝陽に願いをかけた。どうか、二人がしあわせであるように。何年も先の未来までずっと。

手にあたたかい指が絡み、となりに顔を向けると、目の合った和臣がやさしく笑った。好きだよ、と言われた気がした。だから自分も笑顔を返す。好きだよ、と。また少しだけ鼻の奥がツンとしたけれど、涙は出なかった。そう、これは別にかなしい別れじゃない。

夢を追いかけて旅に出るのだ。これから彼も自分の夢を追ってそうするように。

誰だって傷つきたいわけじゃない。

なるべく笑ってすごしたい。

みんなにしあわせでいてほしい。

これからもそう願って、いろんな選択をしていくだろう。時には、こんなはずではなかったと後悔《こうかい》することもあるかもしれない。遠い国で孤独に震えそうになる時も。

そして行き止まりに迷いこんでしまったような気持ちになる時は、この美しい朝の光景と一緒に思い出そう。

自分には安全基地になってくれる最高の友達がいること。血はつながっていなくても、支えになってくれる弟がいること。

そして、離れていてもずっと未来までつながっていられる、大好きな人がいることを。

※この作品はフィクションです。実在の人物・団体・事件などにはいっさい関係ありません。

集英社オレンジ文庫をお買い上げいただき、ありがとうございます。
ご意見・ご感想をお待ちしております。

● あて先
〒101-8050　東京都千代田区一ツ橋2-5-10
集英社オレンジ文庫編集部 気付
阿部暁子先生／咲坂伊緒先生

実写映画ノベライズ
思い、思われ、ふり、ふられ

集英社
オレンジ文庫

2020年6月24日　第1刷発行
2020年7月31日　第3刷発行

著　者　阿部暁子
原　作　咲坂伊緒
発行者　北畠輝幸
発行所　株式会社集英社
〒101-8050東京都千代田区一ツ橋2-5-10
電話【編集部】03-3230-6352
【読者係】03-3230-6080
【販売部】03-3230-6393（書店専用）
印刷所　大日本印刷株式会社

※定価はカバーに表示してあります

ISBN 978-4-08-680327-4 C0193

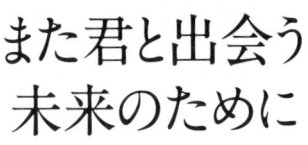